La soledad era esto

D1336118

Novela

Juan José Millás
La soledad era esto

Premio Nadal 1990

 DESTINO

© Juan José Millás, 1990
© Ediciones Destino, S. A., 2011
 Avinguda Diagonal, 662, 6.ª planta. 08034 Barcelona (España)
 www.edestino.es
 www.planetadelibros.com

Diseño de la cubierta: Laura Comellas / Departamento de Diseño,
 División Editorial del Grupo Planeta
Ilustración de la cubierta: Edward Hopper, *Habitación de hotel*, 1931
Fotografía del autor: © Juan Millás
Primera edición en esta presentación en Colección Booket: mayo de 2010
Segunda impresión: marzo de 2011

Depósito legal: B. 9.433-2011
ISBN: 978-84-233-4209-9
Impreso y encuadernado en Barcelona por: **black**print
Printed in Spain - Impreso en España   A CPI COMPANY

Biografía

Juan José Millás nació en Valencia en 1946. Es autor de las novelas *Cerbero son las sombras* (Premio Sésamo, 1974), *Visión del ahogado* (1977), *El jardín vacío* (1981), *Papel mojado* (1983), *Letra muerta* (1983), *El desorden de tu nombre* (1986), *Volver a casa* (1990), *Tonto, muerto, bastardo e invisible* (1995), *El orden alfabético* (1998), *No mires debajo de la cama* (1999), *Dos mujeres en Praga* (Premio Primavera de Novela, 2002), *Laura y Julio* (Seix Barral, 2006) y *El mundo* (2007), por la que recibió el Premio Planeta, el Qué Leer de los Lectores y el Premio Nacional de Narrativa. También ha publicado los libros de relatos *Primavera de luto* (1989), *Ella imagina* (1994), *Articuentos* (2001), *Cuentos de adúlteros desorientados* (2003) y *Los objetos nos llaman* (2009). Sus artículos, reportajes o narrativa de corte periodístico están recogidos en seis volúmenes. Es autor, junto a Forges, de *Números pares, impares e idiotas* (2001). Su labor periodística en varios medios escritos, como *El País*, ha sido reconocida con el Premio Mariano de Cavia en 1999, el Miguel Delibes de Periodismo en 2002 y el Francisco Cerecedo en 2005, entre otros. Su obra narrativa se ha traducido a 23 idiomas.

A la memoria de Cándida García

¿Es que deseaba de verdad se cambiase aquella su muelle habitación, confortable y dispuesta con muebles de familia, en un desierto en el cual hubiera podido, es verdad, trepar en todas las direcciones sin el menor impedimento, pero en el cual se hubiera, al mismo tiempo, olvidado rápida y completamente de su pasada condición humana?

FRANZ KAFKA, *La Metamorfosis*

Primera parte

Uno

Elena estaba depilándose las piernas en el cuarto de baño cuando sonó el teléfono y le comunicaron que su madre acababa de morir. Miró el reloj instintivamente y procuró retener la hora en la cabeza; las seis y media de la tarde. Aunque los días habían comenzado a alargar, era casi de noche por efecto de unas nubes que desde el mediodía se habían ido colocando en forma de techo sobre la ciudad. La mejor hora de la tarde para irse de este mundo, pensó cogida al teléfono mientras escuchaba a su marido que, desde el otro lado de la línea, intentaba resultar eficaz y cariñoso al mismo tiempo.

—Yo paso a recogerte —dijo— y vamos

juntos al hospital. Tu hermano ya está allí.

—¿Y mi hermana? —preguntó— ¿Quién avisa a mi hermana?

—Acabo de hablar con su marido y vendrán esta misma noche en un avión que sale a las diez de Barcelona. No te preocupes de las cuestiones prácticas. Arréglate y espera a que yo vaya por ahí.

Elena colgó el teléfono y se sentó en el sofá a digerir la noticia; con la mano derecha iba arrancándose las costras de cera que endurecían la pierna correspondiente a ese lado del cuerpo, mientras sus ojos paseaban por las paredes del salón sin registrar nada de cuanto veían. Cuando regresó al cuarto de baño, la cera se había endurecido, de manera que renunció a depilarse la pierna izquierda. Se quitó la bata y se metió debajo de la ducha en una postura que sugería cierto desamparo, pero no llegó a llorar. Parecía así confirmarse una antigua idea según la cual la muerte de su madre, cuando llegara a suceder, constituiría un trámite burocrático, un papeleo que vendría a sancionar algo pasado, porque para Elena su madre estaba muerta desde hacía mucho tiempo.

Eligió unas medias oscuras para que no se notase que llevaba una pierna sin depilar y se puso una ropa interior algo provocativa que desmentía ante sí misma el duelo que intentaba expresar el oscuro traje de chaqueta rescatado de las profundidades del armario.

Prefirió no maquillarse ni retocarse los ojos, pero se arregló el pelo recogiéndose en la nuca la melena. No quería transmitir desolación, sino un desaliño que podría atribuirse a la prisa por salir de casa una vez conocida la noticia. Dudó si darse un toque de carmín en los labios, pero finalmente decidió que tal como había quedado estaba bastante hermosa, aun cuando se tratara de una hermosura en decadencia por la que habían pasado ya cuarenta y tres años, cuarenta y tres años que no habían logrado destruir el brillo de sus ojos ni corregir el gesto desafiante de sus labios. Se torció la falda para acentuar la sensación de urgencia y regresó al salón, donde lió un porro que fumó junto al ventanal contemplando las oscilaciones de la luz. Vivía en un piso alto de la zona norte de Madrid, desde donde se divisaba un paisaje urbano que parecía cambiar de forma en función de las tonalidades de los meses. Ahora era febrero y había oscurecido, de manera que los edificios, con las luces de las ventanas encendidas, invitaban al recogimiento. Pensó en Mercedes, su hija, y reprimió el impulso de telefonearla, pues imaginaba que ya se habría encargado de ello su marido.

Cuando apagó el canuto, intentó elaborar un pensamiento brillante o trágico, adecuado a la pérdida que acababa de padecer, pero no se le ocurrió nada. La muerte de su madre parecía, más que un suceso, un simple hecho encadenado a la secuencia de los días y sin capacidad siquiera para constituir una ruptura o una victoria sobre lo cotidiano. El hachís le había golpeado ya en la nuca y presintió que en las escenas en las que tendría que participar a lo largo de las horas siguientes ella estaría del lado de los muertos, en aquel lugar donde ahora se encontraba su madre, y desde donde supuso que las cosas de la vida se verían sin pasión, sin odio, sin amor: una mirada neutra, cargada de indiferencia, aunque estimulada quizá por una suerte de curiosidad dirigida a los aspectos mecánicos que producen los afectos.

En esto llegó Enrique, su marido, y la abrazó con gesto solidario intentando aliviar un dolor que no se había llegado a producir. Elena sonrió con afecto. Ya sabes lo que pensaba de esta muerte, dijo. Nunca me lo llegué a creer del todo, respondió él.

Elena temió que se le pasara el efecto producido por el hachís y lió otro canuto con la excusa de ofrecérselo a Enrique. Lo fumaremos en el coche, dijo, y salieron.

Su madre parecía sonreír al fin. Llevaba una mortaja blanca, que evocaba el hábito de una novicia, entre cuyos pliegues sobresalía un rostro que la muerte había dulcificado. Permanecía inmóvil como un cadáver, pero su frente arrugada parecía mantener la tensión de un pensamiento. Uno de los ojos permanecía ligeramente abierto produciendo en el rostro un efecto asimétrico que a Elena le recordó que no se había depilado la pierna izquierda. ¿Era simétrica la realidad o la simetría era un ideal provocado por la inteligencia del hombre? ¿Acaso todo lo que se podía dividir por la mitad daba lugar a dos partes armónicas y similares? ¿Dónde está la mitad de mi vida?, se dijo observando a su hija que atendía a los familiares y amigos con una cortesía dolorosa. ¿Deja mi madre aquí un espacio simétrico al que ahora ocupa? ¿Dejan los muertos un reflejo de sí en este mundo de dolor? ¿Qué sensación es simétrica al dolor?

Las dos últimas frases le produjeron alguna satisfacción, pero su estado de ánimo

17

tendía en general hacia la indiferencia. Imagínate, estaba depilándome las piernas, confesó a alguien que se acercó a besarla.

El encuentro con su hermano resultó algo estimulante, pues el abrazo constató el afecto que se tenían y que en ocasiones así llegaba a manifestarse sin la censura del pudor. Su hermana, sin embargo, estuvo fría y distante como si Elena le debiera todavía la infancia. Mercedes, su hija, todavía no se había acercado a ella, pero le lanzaba miradas rencorosas que Elena procuraba no recoger. Su madre y su hija tenían el mismo nombre. Ahí había una simetría que quizá simbolizaba otras de mayor alcance; ambas Mercedes solían reprobar con la mirada y castigar con la distancia, con la culpa. Yo soy el centro de esa relación simétrica, yo soy su corazón, yo la alimento. ¿Cómo estás, mamá?, dijo su hija acercándose al fin tras darle un beso. Imagínate, estaba depilándome las piernas cuando sonó el teléfono. Lo dejé todo a medias, los muslos, todo. Pensó que la palabra muslos estaba bien usada en aquel contexto mortuorio. Mi marido y yo nos quedaremos esta noche, respondió su hija. Tú vete a descansar si quieres. Habrá que hacer algo, los papeles y eso. Ya está todo hecho, mamá, no te preocupes.

Es igual que mi hermana, otra simetría, yo no tengo la capacidad de hacer daño que ambas me atribuyen. Mi hermana también se llama Mercedes, como mi madre, como mi hija. ¿Como quién soy yo? ¿A quién de estas personas me parezco? ¿Cuál de estos rostros dolorosos se llama Elena y lleva una pierna sin depilar? ¿Soy la referencia de alguien o sólo la mitad de este desconcierto? ¿Qué les debo?, ¿qué debo a estas mujeres que todavía no he terminado de pagar? Una de ellas me amargó la juventud y la otra fue joven cuando yo empezaba a declinar. Ya basta, todo es como es: mi madre está muerta, detrás del cristal destinado a proteger a los muertos de los vivos; la familia y los amigos parecen tristes; mi marido atiende a todos con notable eficacia y yo voy de un lado a otro con los ojos secos, la falda torcida y la pierna izquierda llena de pelos. La ropa interior, ya basta. La muerte de los padres cambia la perspectiva de la vida, le dijo alguien al oído, mientras deslizaba un beso en su mejilla. La acerca más bien, contestó Elena con una sonrisa circunstancial, retirándose hacia la periferia de aquella fiesta mortuoria.

Aquella noche durmió bien, si por ello se entiende dormir con todos los sentidos y no tener al despertar registro alguno de las horas de sueño. No despertó aturdida, pero sí algo ajena a su propia vida, que hubo de reconstruir en los primeros instantes de aquella jornada en la que se entregaría a la tierra el cuerpo de su madre. Enrique, su marido, estaba ya en el cuarto de baño, bajo la ducha, cuyo ruido llegaba al dormitorio como el eco de una lluvia lejana. Intentó rescatar algún fragmento de la noche, pero no halló nada, excepto la huella de su cuerpo sobre el colchón como prueba única de que había permanecido allí durante aquellas horas de suspensión. Llevaba un pijama de Enrique que le estaba grande, pero que le gustaba por la libertad con que se movían sus miembros dentro de él. En realidad hacía tiempo que usaba para dormir prendas masculinas que decía comprar para su marido, pero de las que se apropiaba ella.

Se levantó y notó una sensación de plenitud que le produjo alguna extrañeza. Quizá durante la noche le había sucedido algo de lo que no era consciente que se traducía ahora en un optimismo corporal no previsto para un día de luto.

Enrique no estaba en el cuarto de baño.

Advirtió entonces que lo que había escuchado desde la cama no era el ruido de la ducha, sino el de una lluvia real que sucedía al otro lado de los cristales. La lluvia y la muerte. Fue al salón y se asomó a la terraza. La temperatura había subido y la atmósfera comenzaba a limpiarse. Respiró hondo y sintió penetrar el aire húmedo hasta el fondo de los pulmones, donde seguramente se produjo un efecto químico que reforzó la sensación de plenitud con la que se había levantado.

—Te he preparado un café —dijo Enrique detrás de ella.

—Hola. Mal día para un entierro —contestó Elena.

—No hay día bueno para estas cosas —dijo él, y se hundieron en un silencio habitual en su relación mientras contemplaban la lluvia caer mansamente sobre los tejados y las fachadas que constituían el paisaje urbano que les era propio.

Tras tomar un café, Elena entró en el cuarto de baño, y se desnudó con idea de darse una ducha, pero entonces reparó en los pelos de su pierna izquierda e, incomprensiblemente, se puso a llorar en el borde de la bañera; realizó dos o tres gestos con los músculos de la cara para ver si lograba contenerse, pero sus ojos se vaciaban con la

21

naturalidad de un recipiente desbordado. Tuvo la tentación de abandonarse al estado de ánimo propio de la producción de lágrimas, pero reaccionó con rabia dispuesta a no dejarse ganar por una tristeza que correspondía a los otros. Sin embargo, cuando dejó la ducha todo era distinto. La plenitud anterior le había abandonado dejando en su interior un espacio libre que en seguida comenzó a ser ocupado por otro sentimiento de difícil calificación que la empujaba con cierta urgencia hacia el abatimiento. Recordó a su padre, muerto desde hacía siete u ocho años, y quizá por primera vez en su vida sintió que la palabra huérfana tenía un significado terrible. Decidió depilarse, pero inmediatamente fue atacada por un impulso supersticioso que le aconsejó no hacerlo. Entonces pensó que nada más levantarse debería haber telefoneado a la funeraria para hablar con su hija y preguntarle qué tal noche había pasado el cadáver. Esto la hizo sonreír brevemente, pero desde ese instante supo que algo que le concernía especialmente estaba sucediendo desde el día anterior, aunque ella ignorase el contenido del suceso y el modo en que podría afectar a su existencia. Después pensó que su marido no era bueno, pues debería haberse ofrecido también para pasar esa noche junto al cadáver. Entretanto, se cepillaba el pelo como a la espera de una determinación que no acababa de manifestarse.

Finalmente, decidió que no iría al entierro. Enrique podría decir que había pasado muy mala noche y que durante la madrugada había padecido un cólico. Ella quiso venir a pesar de todo, pero yo no se lo permití, debería explicar a todo el mundo, aunque ni su hermana ni su hija, Mercedes las dos, llegaran a creérselo.

Dos

Después del entierro, transcurrieron algunos días caracterizados por un frágil sosiego. Llovió sin violencia, como si se tratara de una costumbre llevada a cabo con técnica, pero sin convicción. El agua caía sumisa en diminutas gotas sobre tejados, calles y transeúntes que la recibían también con actitud obediente y resignada. Elena, que aún no se había depilado la pierna izquierda, la contemplaba desde el ventanal del salón o desde su dormitorio con una calma igualmente quebradiza.

Febrero agonizaba sin estrépito y de súbito el nombre de los meses comenzó a adquirir un significado novedoso. Elena puso en marzo la esperanza del sol y el deseo de que la realidad dejara de manifestarse con esos tonos grises tras los que parecía esconderse una amenaza. El mueble grande del salón, donde guardaba la vajilla, parecía haber cobrado con la humedad un grado de existencia orgánica inexplicable. Observándolo desde alguna distancia, parecía modificar los tonos de su oscuro color, como si hiciera gestos dirigidos al sofá. Por otra parte, desde lejos también, daba la impresión de sudar, como si en el interior de la madera se produjera alguna actividad química que diera como resultado la expulsión de ciertos humores. Cuando Elena se acercaba al mueble y lo tocaba, la sensación desaparecía o se atenuaba. De todos modos, comenzó a abrir con cierta repugnancia las puertas de este mueble.

Un día recibió una llamada telefónica de su hermana Mercedes, que parecía tener prisa en llegar a un acuerdo para el reparto de la herencia. Elena apuntó que convendría hablar con Juan, el hermano de ambas, pero Mercedes ya se había puesto en contacto con él habiendo alcanzado algunos acuerdos básicos.

—Hemos pensado —dijo— que si ninguno de los tres tiene un interés especial por la casa de mamá deberíamos venderla.

—De acuerdo —respondió Elena.

—Te noto rara. ¿Pasa algo?

—Me han vuelto esos dolores, estoy fastidiada.

Su hermana le hizo un par de recomendaciones y se comprometió a acudir a Madrid el fin de semana siguiente para entrar con sus hermanos en la casa de la madre al objeto de vaciarla antes de ponerla a la venta. Ello implicaba el reparto, que a Elena le sonó a despojo, de los muebles y objetos de aquel domicilio que había sido el domicilio de todos ellos.

Esa noche tuvo un cólico y al día siguiente se levantó agotada. Su marido ya se había ido a trabajar. Desayunó en la cocina, se fumó un canuto y volvió a acostarse. La cama estaba fría, de manera que decidió no desprenderse de la bata. No consiguió dormir, pese al cansancio y a los efectos relajantes del hachís, porque una sucesión de imágenes —fuera de su control— comenzó a desfilar por su cabeza. Se trataba de imágenes desprovistas de pensamiento o reflexión, pero algo había en ellas capaz de provocar una angustia excesiva cuyos efectos tendían a concentrarse en el vientre. Pensó que si lograba vomitar se quedaría bien, pero no podía levantarse, pues se sentía mareada y temía caerse al suelo. Finalmente, cuando la angustia llegó a resultar insoportable, se incorporó y puso los pies en el suelo. Entonces notó que le faltaba el aire y comenzó a sudar a la vez que sus miembros se aflojaban; un instante después perdió el miedo e inmediatamente se quedó sin conocimiento cayendo de costado sobre la cama con los pies fuera de la misma, a punto de alcanzar el suelo. Antes de eso, había tenido un segundo o dos de felicidad absoluta, pues le pareció que sonaba el teléfono, pero no le importó, a punto como estaba, de hundirse en el olvido.

Se despertó media hora más tarde, tiritando de frío, pero repuesta del desmayo anterior. Se tapó con la manta y la colcha y encendió un cigarrillo para ver si podía soportarlo, comprobando con satisfacción que le caía bien. El sudor se había enfriado y pensó con placer en un baño de agua caliente. El malestar del vientre seguía en su sitio pero notablemente atenuado. El cólico, se dijo, quizá no ha acabado de limpiar los intestinos.

Al mediodía se levantó y recogió la casa por encima. Su marido solía comer fuera y la asistenta sólo iba dos veces por semana. Tenía el día libre. Decidió que saldría a respirar, pues seguía con la sensación de falta de aire. Sin embargo, perdió la ilusión de darse un baño y mientras se vestía se sintió sucia. Antes de salir, lió un canuto por si le apetecía fumárselo en la calle.

Había dejado de llover, pero las nubes no se habían retirado. El día estaba oscuro y limpio y daba gusto respirar el aire húmedo. Caminó al azar en dirección a Francisco Silvela y comprobó que sus piernas funcionaban con una eficacia relativa. Se detuvo sin entusiasmo frente al escaparate de dos o tres tiendas y de súbito comenzó a sentir hambre. Pensó en una de sus comidas preferidas y notó que la evocación producía en su interior alguna actividad gástrica. La idea de comer le proporcionó una porción de felicidad y entró en una cafetería que tenía buen aspecto. Se sentó en un taburete de la barra y pidió un plato combinado y una cerveza. Tenía mucha sed y el primer sorbo —lleno de espuma— le produjo un escalofrío de placer. Frente a la barra había un espejo que le señaló que había salido de casa sin retocarse la cara y con la melena algo descuidada. Todo ello, sumado a los pelos de la pierna izquierda y al hecho de no haberse duchado, configuraba la imagen de un cuerpo bastante sucio, pero la idea le hizo sonreír, pues la gente de la cafetería ignoraba estos detalles y ella iba bien vestida, de manera que nadie podría sospechar el estado de sus condiciones higiénicas. Se trataba de un secreto entre el espejo y ella. La cafetería estaba dotada de un sistema de música ambiental por el que a los postres comenzó a sonar una canción de los Beatles que Elena fue traduciendo mentalmente. Imagínate dentro de un bote, en un río con árboles de mandarinas y cielos de mermelada. Alguien te llama, contestas lentamente... flores de celofán amarillo y verde asoman sobre tu cabeza... Taxis de papel de periódico que esperan para llevarte aparecen en la orilla...

La canción le puso de buen humor y el café le devolvió una suerte de plenitud corporal que ya había olvidado. Pero cuando salió a la calle, y observó a los transeúntes y miró los semáforos y contempló la torpe circulación automovilística, volvió a sentir que se trataba de una realidad condenada a muerte. Encendió el canuto y bajó por María de Molina hacia la Castellana. Los efectos del hachís fueron a concentrarse en la frente; imaginó que se trataba de una frente de cristal a través de la cual podía contemplarse una masa encefálica de tonos verdes y amarillos que evolucionaban de manera insensible hacia el marrón y el negro. Repitió mentalmente una estrofa de la canción (imagínate en un tren, en una estación con porteros de plastilina y corbata de cristal, alguien aparece en la taquilla...), pero la plenitud anterior había dado paso ya a un malestar que tendía a concentrarse en los órganos huecos de su cuerpo, especialmente en el estómago. Comenzó a sentir una suerte de mareo que atribuyó a un corte de digestión. Pensó que si lograba vomitar o vaciar los intestinos recuperaría el tono anterior, pero no vio en los alrededores ninguna cafetería. Se metió por una calle lateral y entró en un jardín de infancia; la puerta estaba abierta y entró. Se cruzó con un par de adultos que debieron de tomarla por la madre de algún niño y no le dijeron nada, aunque la observaron con alguna extrañeza. Finalmente, cuando parecía estar a punto de desmayarse, dio con la puerta de acceso a los váteres y entró precipitadamente en una de las cabinas. La taza del retrete era muy pequeña y carecía de tapa. Elena se sentó apoyando la nuca en la pared y aguantó una bajada de tensión sin desmayarse. Cuando se sintió un poco recuperada, logró subirse las faldas y retirarse las bragas y los pantys. Lo he conseguido, pensó, ya está, lo he conseguido. Pero los intestinos no parecían dispuestos a trabajar, de manera que la bola de angustia no descendió hacia el recto, pese a los esfuerzos de Elena por expulsarla de su cuer-

31

po. Pensó en vomitar, pero calculó que perdería el conocimiento si cambiaba de postura. Entretanto, una serie de imágenes yuxtapuestas entre sí comenzó a circular por su cerebro, la pierna sin depilar, las calles húmedas, un semáforo roto, un ministro de plastilina, un río de mermelada con barcas de caramelo, el cadáver de su madre envuelto en celofán amarillo y verde... La velocidad de las imágenes adquirió enseguida un ritmo excesivo que Elena soportó con los ojos abiertos y las uñas clavadas en los muslos. Una oleada de calor, parecida a aquellas que solían preceder a sus desmayos, ascendió desde el vientre hasta el rostro, donde se transformó en un sudor disolutivo. Cuando ya estaba a punto de perder el conocimiento, la velocidad descendió. Elena abrió la boca para tomar la mayor cantidad de aire posible mientras se decía a sí misma: ya está, ya me ha pasado, esto era la locura y me ha pasado.

En esto se oyeron fuera gritos infantiles y dedujo que los niños habían salido de clase. Efectivamente, en seguida comenzaron a golpear la puerta de la cabina en la que se había refugiado Elena, que no llegaba hasta el suelo. Retiró los pies hasta donde le fue posible y contuvo la respiración mientras trataba de determinar si lo que le estaba pasando correspondía a una escena de terror o de risa. Pero no le dio tiempo a decidir porque la locura —asociada a la velocidad de las imágenes— regresó a su cabeza. Contuvo la respiración y concentró todas sus energías en la zona del vientre donde parecía estar localizada la bola de angustia, pero no consiguió hacerla avanzar. Cuando abrió los ojos, vio la cabeza de una niña asomada por el espacio libre situado entre la puerta y el suelo. Se miraron unos segundos antes de que los ojos de la niña se retiraran. Después oyó gritar: hay una señora con la cara muy blanca ahí dentro. Entonces se levantó, abrió la puerta e intentó salir, pero los pantys, enrollados en los tobillos, la hicieron perder el equilibrio. Mientras caía, unos segundos antes de perder el conocimiento, fue muy feliz al sentir que dejaba en manos de otros la responsabilidad del funcionamiento de su propio cuerpo.

Despertó enseguida empapada en sudor. La locura se había replegado y la angustia había desaparecido o se había diluido en los humores que empapaban su frente. Se presentó, pidió disculpas, aseguró que se trataba de un corte de digestión, que no sabía dónde meterse...

—Porque iba usted bien vestida —dijeron—, si no, habríamos avisado a la policía; suceden tantas cosas...

Le dieron una manzanilla y pidieron por teléfono un taxi que llegó en cinco minutos. Afuera volvía a llover o la humedad era tal que producía el mismo efecto que la lluvia. Elena se sentía ligera y hasta un poco optimista, como solía sucederle después de los desmayos. De todos modos, al llegar a casa se acostó y se quedó dormida hasta que Enrique, su marido, volvió de trabajar.

—¿Te pasa algo? —preguntó.

—Los dolores esos otra vez.

—¿Por qué no vas al médico? —insistió Enrique con gesto de paciencia.

—Ya he ido a todos los médicos y ya me han dicho que no tengo nada —respondió Elena con tono irritado.

Enrique decidió no insistir y se limitó a informar que pasaría fuera el fin de semana por razones de trabajo.

—¿Desde cuándo trabajáis los fines de semana? —preguntó Elena.

—Se trata de una convención de ventas y estas cosas se hacen siempre en días festivos.

Elena comenzó a sospechar que se trataba de otra cosa y, de súbito, la idea de que Enrique la engañara comenzó a ponerla furiosa, pero no dijo nada. Pasó despierta

34

gran parte de la noche y concibió un plan que le ayudó a levantarse de la cama al día siguiente. Como ese día era viernes, tuvo que actuar con alguna celeridad. De manera que tras desayunar se acercó a la oficina de correos más próxima y contrató un apartado. Después regresó a casa y tras darle un par de instrucciones a la asistenta se encerró en su cuarto con la guía de teléfonos. Buscó al azar una agencia de detectives y, tras repasar mentalmente el guión elaborado durante la noche, llamó.

—Buenos días —dijo—, quiero hablar con el director.

—Yo mismo —respondió una voz masculina al otro lado.

Elena estuvo a punto de colgar, pues la expresión «yo mismo» no le gustó; además, el teléfono lo había cogido directamente él y no una secretaria, lo que le hizo temer que se tratara de una agencia con pocos medios. Finalmente, decidió seguir adelante:

—Verá, se trata de encargarle una investigación un poco delicada y seguramente algo atípica.

—¿Por qué atípica? —preguntó la voz al otro lado.

—Porque usted no deberá conocer a la persona que encarga la investigación. Yo soy la secretaria de su cliente, que es un hombre muy conocido en ámbitos financieros y políticos y desea que su nombre quede fuera de todo este asunto.

Elena le explicó el carácter de la investigación y dio los datos de su marido añadiendo que deberían hacer un informe pormenorizado de la actividad de este sujeto a lo largo del próximo fin de semana. El director de la agencia pareció tomar nota de todo, pero insistió en la conveniencia de conocer al cliente. Elena fue tajante.

—Ya le he dicho que esto no es posible. Nos comunicaremos a través del apartado de correos que le he señalado. Allí deberá enviar usted los informes. En cuanto a sus honorarios, serán ingresados en el número de cuenta y banco que usted me indique.

—Será necesaria una provisión de fondos.

—Mañana mismo ingresaré en esa cuenta lo que usted crea conveniente.

Las seguridades económicas acabaron por disipar las dudas del director de la agencia, que se comprometió a enviar el informe el mismo lunes. Cuando colgó el teléfono, Elena sintió que acababa de introducir en su vida un factor de estímulo importante y eso le ayudó a arrinconar en la zona más deshabitada de su memoria el suceso del día anterior. De todos modos, decidió no volver a fumar hachís fuera de casa. Esa noche durmió bien y amaneció bastante descansada. A las doce de la mañana, cuando salió a efectuar el ingreso solicitado por la agencia, aún no había sentido ningún malestar, excepto los derivados de una excesiva acumulación de gases a una altura que ella situó en torno al duodeno.

Tres

El domingo, Elena se levantó de la cama
con mal sabor de boca y ardor de estómago.
Lo atribuyó al hecho de haber tomado mucha miel la noche anterior, en el transcurso
de un ataque de hambre producido por el
hachís. Se preparó un baño al que se entregó sin placer y pensó vagamente en depilarse la pierna izquierda, pero había quedado
con Juan y con Mercedes, sus hermanos, en
la casa de su madre y conjeturó que llegaría tarde si dedicaba mucho tiempo al aseo
personal. Se vistió unos pantalones vaque-
ros y un jersey viejo sobre los que se puso
una gabardina de su marido que le gustaba
especialmente. No llovía, pero el cielo seguía encapotado y las fachadas de los edifi-

cios mostraban grandes manchas de humedad. Condujo sin prisas, retrasando el acontecimiento, y entró en el barrio por la parte de atrás para reconocerse en el deterioro de las aceras que habían constituido el paisaje de su juventud.

Cuando llegó al piso de su madre, sus hermanos ya estaban allí, esperándola. Mercedes lloraba en el sofá del salón y Juan le acariciaba mecánicamente la cabeza.

—¿Qué pasa?— preguntó Elena.

—Le ha impresionado entrar —replicó Juan.

La casa estaba oscura, como el día. La disposición de los objetos y los muebles evocaba aún la presencia de la madre, o de su memoria. Tan sólo una mayor acumulación de polvo en las zonas oscuras del mobiliario y en la pantalla del televisor hacían sugerir un abandono.

—Huele a cerrado —señaló Elena.

—Huele a muerte —añadió su hermana entre sollozos.

—Mamá murió en el hospital.

—No importa, huele a muerte —insistió.

Elena se acercó a la puerta de la terraza y la abrió, pero no notó que la atmósfera interior ganara algo con ello; es más, le pareció que el ambiente mortuorio de las calles era la emanación de la muerte atenuada que se respiraba en el interior de la vivienda. Había comenzado a llover de nuevo, pero el agua —difuminada y borrosa— caía sobre los tejados como una gasa que hubiera sido aplicada anteriormente sobre un cuerpo agonizante.

Elena fue a la cocina y comprobó que había algún alimento en proceso de descomposición, que guardó con asco en una bolsa de plástico. Alguien se había ocupado de desconectar el interruptor general de la luz cuando su madre fue trasladada al hospital, pero no se le había ocurrido mirar si había algo en la nevera. Abrió también la ventana de la cocina y se estableció una corriente húmeda que le produjo un estremecimiento. Volvió al salón.

—Había comida en la nevera —dijo.

—Si yo no viviera en Barcelona, me habría acercado a limpiar cualquier día —respondió su hermana en tono de reproche.

Juan y Elena intercambiaron una mirada de solidaridad, pero permanecieron en silencio. Estaban sentados los tres en el semicírculo formado por el tresillo, frente al televisor. Elena contempló a su hermana, que le ofrecía el perfil derecho, y tuvo la impresión de estar mirando algo muy antiguo. Después dejó resbalar la mirada por la

41

superficie de los muebles, oscuros de color y torturados de forma, anotando que mostraban una opacidad turbia, tras la que se agazapaba una sospecha. Notó un movimiento en sus intestinos, pero la idea de utilizar el cuarto de baño de aquella vivienda le resultó repugnante. Habían ido a vaciar la casa, a clasificar los objetos, pero permanecían sentados, como a la espera de una decisión ajena a sus voluntades.

De súbito, Juan comenzó a llorar también y Mercedes se acercó a él para consolarlo o para multiplicar su desamparo. Elena contempló la escena con frialdad y consideró que era lo suficientemente tópica como para no unirse a ella. En ese mismo salón, con idénticos muebles y semejante atmósfera, habían sido niños y adolescentes y jóvenes los tres. Ella había sido la mayor y Juan el más pequeño, pero ahora parecían tener todos la misma edad; la madurez elimina los matices y la muerte acaba por suprimir las diferencias. Tal como éramos, pensó, impregnados de ese cariño subterráneo que nunca nos atrevimos a manifestar, o tal vez sí, al menos si consideramos que el odio es una de las piezas del amor, quizá la más activa.

Salió al pasillo y se asomó al dormitorio de su madre. Encendió la luz, porque la persiana permanecía echada, y contempló los bultos de las cosas como a la espera de que de aquella contemplación surgiera una idea, un concepto, un juicio que resumiera el sentido de la vida o quizá su dirección, su rumbo, en el caso de que tuviera otro que no condujera al cementerio, pero no sucedió nada, excepto un movimiento intestinal que desplazó unos centímetros la angustia. Se acercó al antiguo armario de tres cuerpos, que parecía el vientre de la casa, y abrió la puerta central; el interior del mueble poseía una obscuridad propia, distinta a las demás obscuridades de la vida, y un olor esencial que había permanecido invariable a lo largo de los años. Parecía un pozo cuyas aguas padecieran algún tipo de corrupción o enfermedad.

Elena pensó que si arrojara una piedra al interior del mueble no llegaría a oír el ruido de ésta al tocar fondo; tan profunda parecía la tiniebla. Sin embargo, al alargar la mano para acariciar uno de los vestidos que segmentaban la oscuridad escuchó el ruido de algo que se había volcado. Miró hacia el suelo del armario y vio un objeto que resultó ser una botella de coñac medio vacía. Pensó en esconderla para que no la vieran sus hermanos, pero pronto advirtió que había más, todas de coñac barato, y que tarde o temprano las descubrirían. De manera que la dejó donde estaba.

Sobre la mesilla había libros religiosos y un rosario de plata con un cristo excesivamente torturado. Abrió el cajón de este pequeño mueble y descubrió un conjunto de cuadernos de pequeño grosor, cosidos con grapas. Abrió el primero y sentándose en el borde de la cama observó la caligrafía de su madre y después comenzó a leer la primera hoja:

Comienzo estas páginas que ignoro cómo llamaré o adónde me conducirán poco antes de cumplir cuarenta y tres años. Me repongo estos días de una bronquitis de la que he salido algo tocada y cuyas consecuencias, según me temo, no han dejado de suceder. No he dicho nada a mi marido ni al médico, pero noto un punto de molestia aquí, junto al pulmón derecho, que no han conseguido eliminar las medicinas. Temo que sea el germen de algo que todavía no se pueda ver, ni siquiera combatir, y espero que se desarrolle con lentitud, de forma que pueda ver a mis hijos casados y disfrutar un poco de los nietos, si Dios llegara a dármelos.

De todos modos, hay algo espectral en mis malestares. Quiero decir que percibo la enfermedad como un fantasma que recorriera mi cuerpo y que apareciera caprichosamente en uno u otro sitio, según la hora en que me despierte. Esta madrugada, por ejemplo, amanecí con un pinchazo en la garganta, en el lado izquierdo. Tomé unas pastillas que tengo para la faringitis y me quedé dormida. Sin embargo, por la mañana tenía ese mismo pinchazo en el pulmón derecho. Qué vida.

Elena escuchó un ruido proveniente del salón y cerró el cuaderno. Estaba sofocada y jadeante, como si hubiera presenciado algo terrible o fabuloso, pero esencial para el trazado de su propio destino. Tras comprobar que nadie se acercaba, cogió los cuadernos y los escondió debajo del jersey, pegados a su cuerpo por la cintura del pantalón. Luego regresó a la sala y comprobó que sus hermanos se habían puesto en movimiento. Tomó su bolso, abandonado en una silla, y guardó en él los cuadernos. Después salió al balcón, pues había comenzado a sudar de un modo anormal, y permaneció allí hasta que notó que un frío estimulante se había establecido en la zona alta de su cuerpo. Regresó al interior y ayudó a su hermana a doblar unas mantas. Después entró en el baño y pasó el pestillo. Pensó que si aligeraba el intestino se sentiría mejor, pero no fue capaz de sentarse en el inodoro. Abrió el pequeño armario de metal situado sobre el lavabo y vio que estaba lleno de medicinas, principalmente ansiolíticos. El cuarto de baño carecía de ventana, de manera que comenzó a padecer en seguida una sensación de ahogo que la devolvió al pasillo. Su hermano desarmaba la cama que había sido de sus padres.

—¿Te vas a llevar la cama? —preguntó.

—Ya no las hacen así —respondió Juan en tono evasivo.

Al poco volvieron a encontrarse los tres en el salón. Parecían desanimados, como si se hubieran propuesto una tarea excesiva. Habló Mercedes:

—Yo creo que con esto no acabamos nunca —dijo—. Propongo que cada uno coja lo que quiera (si dos quieren la misma cosa, se sortea) y luego llamemos a un trapero para que se lleve todo lo demás.

El tono que había empleado resultaba de una dureza inconcebible, pero Mercedes siempre era así cuando sacaba a relucir sus cualidades prácticas. No obstante, Elena sintió por primera vez un impulso que la habría conducido al llanto de no efectuar tres o cuatro movimientos violentos con los músculos del rostro. Le había resultado doloroso que cuanto había allí —incluida su juventud— sólo pudiera interesarle a un buscador de desperdicios.

—De acuerdo —dijo—, podéis repartiros

todo entre Juan y tú. Yo no quiero nada y prefiero no pisar de nuevo esta casa.

Mercedes la miró con rencor, pero no hizo un solo gesto por detenerla. Su hermano la acompañó hasta la puerta y le acarició la cara antes de que se marchara. Ya en la calle, Elena tuvo que hacer un gran esfuerzo para recordar dónde había aparcado el coche. Finalmente, dio con él y se metió dentro con cierta urgencia, como si necesitara sentarse para aliviar algún malestar. Tenía el pelo mojado a causa de la nube de lluvia fina que envolvía la ciudad y parecía algo sofocada pese a que la temperatura no era alta. Apoyó las manos en el volante y realizó tres inspiraciones profundas dirigidas a neutralizar el estado de ansiedad. Después, todavía sin arrancar el motor del coche, sacó uno de los cuadernos del bolso y buscó una página al azar. Leyó:

Algunos abren los ojos antes de despertar, como si amanecieran con un susto. Yo no; primero, pienso quién soy, me defino como quien dice, y después levanto los párpados sabiendo de un modo preciso lo que verán mis ojos. Hoy al despertar, no sentí ningún síntoma. Por el contrario, me pareció estar poseída de una fortaleza corporal incomprensible. Permanecí con los ojos cerrados mucho tiempo, recorriendo mis vísceras, que parecían no existir de calladas que estaban. Pensé que quizá no era yo y temí levantar los párpados por miedo a ver un armario diferente al mío frente a la cama. Pero al final una siempre es la misma, de manera que al incorporarme sentí un dolor en el costado derecho y he estado todo el día con una molestia rara que no sé a qué órgano atribuir. Mi marido ha cogido frío y nos va a contagiar a todos.

Elena cerró el cuaderno y contempló la calle. Los transeúntes precavidos iban con paraguas, aunque no todos lo llevaban abierto. Jadeaba ligeramente, como si se repusiera de algún esfuerzo físico. Dirigió la mano derecha a la llave de contacto, pero la retiró en seguida. Cogió de nuevo el cuaderno y lo abrió por la última página. Leyó:

Realmente, un cuerpo es como un barrio: tiene su centro comercial, sus calles principales, y una periferia irregular por la que crece o muere. Yo no soy de aquí, de esta ciudad que denominan Madrid, capital del Estado. Vine a caer a este lugar por los azares de la vida y poco a poco dejé de ser de donde era, que era un sitio con mar y mucho sol que no quiero nombrar porque en el transcurso de la existencia, no sé cuándo, dejé de ser de allí. El caso es que llegué a este barrio roto que tiene una forma parecida a la de mi cuer-

48

po y una enfermedad semejante, porque cada día, al recorrerlo, le ves el dolor en un sitio distinto. Las uñas de mis pies son la periferia de mi barrio. Por eso están rotas y deformes. Y mis tobillos son también una zona muy débil de este barrio de carne que soy yo, donde anidan seres que han huido de alguna guerra, de alguna destrucción, de algún hambre. Y mis brazos son casas magulladas y mis ojos luces rotas, de gas. Mi cuello parece un callejón que comunica dos zonas desiertas. Mi pelo es la parte vegetal de este conjunto, pero ya hay que teñirlo para ocultar su ruina. Y, en fin, tengo también un basurero del que no quiero ni hablar, pero, como en todos los barrios arruinados, la porquería se va acercando al centro y ya se encuentra una con mondas de naranja en cualquier sitio. Por mi cuerpo no se puede ni andar de sucio que está y el Ayuntamiento no hace nada por arreglarlo.

Elena cerró el cuaderno con cierta violencia y lo guardó en el bolso. El alcohol, dijo, o las pastillas. Después, como si tomara una decisión transcendental, arrancó el coche y huyó del barrio por su costado menos sórdido.

Llegó a su casa en un estado de excitación indeseable. Se acomodó en el salón sin quitarse la gabardina y observó los cuadernos; eran cinco, sin embargo estaban numerados del uno al seis. Comprobó que faltaba el correspondiente al número tres. Temió no haberlo visto y le molestó la idea de que pudieran encontrarlo sus hermanos. Tomó el número cuatro y leyó las primeras líneas:

He destruido el cuaderno anterior porque hablaba en él demasiado de los hijos. De los hijos no sabemos qué decir porque son buenos y malos al mismo tiempo y he comprobado que una sólo los quiere cuando responden a la idea que una se hace de ellos. Además, los hijos son una parte separada de tu cuerpo y eso, aunque estemos acostumbradas, es muy raro. Los hijos son como de otro barrio, aunque estén en éste. Yo sufrí mucho con los tres para darles a luz y me han quedado secuelas de los partos. Ahora tengo un libro de un doctor yugoslavo que habla por orden alfabético de las enfermedades y de sus remedios. Por eso sé que mi útero está descolgado por una especie de flojera de los ligamentos a que estaba sujeto. Eso hace que se desplome sobre la vagina arrastrando a la vejiga en su caída. Por eso, al toser o al reírme con fuerza se me escapa involuntariamente algo de orina y por eso también vivo con esa sensación de que algo, dentro de mí, ha cambiado de lugar. Según el doctor yugoslavo, esta enfermedad se llama prolapso uterino.

El parto más difícil fue el de Elena, que es la que más disgustos me da. Mi marido dice que discutimos tanto porque somos iguales de carácter. Pero yo digo que este diario, o lo que sea, no es para hablar de los hijos. A los hijos los quiero y los atiendo, pero como tema de conversación prefiero el páncreas.

Elena cerró el cuaderno. Parecía asombrada y perpleja, como si aún no hubiera decidido si el hallazgo constituía un tesoro o una inmundicia. En cualquier caso, se trataba de algo profundamente ligado a su existencia, como si por debajo de la caligrafía de su madre o de las conversaciones que parecía mantener con sus vísceras se ocultara una advertencia que sólo ella pudiera comprender y que parecía referirse a su futuro.

Comió una ensalada de frutas con la esperanza de que este régimen la ayudara a limpiar el intestino, donde parecía haber algo sólido que cambiaba de lugar caprichosamente, pero que se negaba a ser expulsado de su cuerpo. Después se fumó un canuto y se acostó. Tuvo, antes de dormirse, una ensoñación: paseaba por la orilla de una playa desierta; de súbito, una mujer cuya presencia no había advertido se dirigía hacia ella y la traspasaba filtrándose a través de su cuerpo como un ángel a través de un tabique. La mujer continuaba caminando y atravesaba una roca. Después se recostaba en la arena, con la actitud de quien se tumba al sol, y desaparecía poco a poco absorbida por el suelo de la playa, como el agua de la orilla. Elena se acercaba al lugar del suceso, pero en ese instante su paquete intestinal sufrió una conmoción y presintió que se iba a marear. Entonces sacó el pie derecho de la cama y lo colocó en el suelo, como había oído que hacían algunos borrachos para no perder todas las referencias. El contacto con el suelo frío alivió el malestar y al poco se quedó dormida.

Le despertó a las seis y media el timbre de la puerta. Se levantó aturdida, se puso la bata y atravesó la casa despojándose de las obscuras adherencias que el sueño había fijado en su rostro y en el resto del cuerpo. Era su hermano. Parecía sudoroso y feliz. Dijo:

—Mira lo que te he traído.

A su lado había una vieja pero sólida butaca tapizada en piel y un reloj de péndulo de las dimensiones de un ataúd infantil.

—Me ha costado mucho subirlo todo desde el coche, pero no te podías quedar sin nada —añadió.

La butaca había pertenecido a su madre

y se trataba de un objeto raramente valioso y habitado. En otro tiempo había sido el lugar preferido de Elena, que se lo disputaba a su madre para ver la televisión o leer. En cuanto al reloj, había pertenecido a la familia desde tiempo inmemorial y su valor estribaba en funcionar a pesar de ser antiguo.

—Os dije que no quería nada —respondió Elena con un gesto de agradecimiento que desmentía su afirmación.

Su hermano se empeñó en colgar el reloj en un lugar adecuado del salón y después, desplazando otro mueble, situó la butaca debajo, para que ambos objetos guardaran una relación similar a la que habían mantenido en la casa de su madre.

—¿Y tu marido? —preguntó Juan mientras contemplaba el efecto de su obra.

—Tenía una convención de ventas o algo así; no regresará hasta mañana.

—¿Va todo bien? —insistió Juan.

—Voy a preparar un café —respondió Elena.

Su hermano permaneció todavía un rato en la casa, pero los intentos que ambos hicieron por comunicarse resultaron inútiles. Era como si en un tiempo remoto hubieran pertenecido a la misma patria, pero la vida los hubiera dispersado obligándoles a adquirir gestos, tradiciones o actitudes extrañas que los habían convertido en otros sin que por ello hubieran llegado a perder la memoria de lo que fueron. Pero esa memoria no tenía otra utilidad que alimentar la conciencia de la pérdida y confirmar la imposibilidad de recuperar los hábitos de la primera patria, donde estuvieron contenidos los signos capaces de evocar un mundo propio, un territorio común en el que el intercambio habría sido posible todavía.

Cuatro

Aquella noche de domingo, Elena durmió mal. Las campanadas del reloj de péndulo —que daba los cuartos, las medias y
las horas— la arrancaban con regularidad
de un sueño frágil como el vidrio y epidér-
mico como la superficie de las cosas. Aquellos sonidos evocaban otras noches de la
primera patria, noches de fiebre, de dolor,
de inquietud nerviosa, de vigilia, en suma,
cuya conciencia de duración había sido señalada por aquellas campanadas que entonces, como ahora, atravesaban la puerta
del salón, recorrían con idéntico ritmo el
pasillo, y penetraban en el dormitorio de
la insomne para recordarle, con la precisión de una señal quilométrica en la carre-

tera, la distancia que le faltaba para llegar al día.

En torno a las tres de la madrugada tomó la decisión de detener el péndulo y con esta intención abandonó el dormitorio y llegó hasta la puerta que comunicaba el pasillo con el salón, pero no fue capaz de abrirla porque tuvo miedo. Regresó al dormitorio y sentada en el borde de la cama, con los pies descalzos sobre el suelo, analizó brevemente este temor. Pensó que en el acto de detener el péndulo detenía otra cosa. Tal vez su propia vida o la existencia del grupo familiar. Recordó la historia de un poeta notable que había dado orden de que le enterraran con el reloj puesto, y al tope de su cuerda, para continuar, veinticuatro horas más, sometido a la medida del tiempo de los vivos. Tal vez su madre, que adoraba aquellas campanadas porque le hacían mucha compañía, lo había dispuesto todo desde el otro lado para que ella, Elena, heredara el tiempo, la medición del tiempo, como quien hereda una llama que debe alimentar eternamente so peligro de una maldición. La responsabilidad le pareció excesiva, pero tenía alguna lógica que funcionaba con la precisión de un engranaje, por lo menos a aquellas horas de la noche. Se tranquilizó con la idea de que al amanecer aquella lógica saltaría en pedazos como se quiebran los temores nocturnos con las luces del día. Entonces detendría el reloj y aquel episodio quedaría reducido a una pesadilla.

Decidió liar un canuto para atraer el sueño, pero advirtió que no tenía a mano el papel de fumar, que había olvidado en algún punto del salón. Se puso en marcha de nuevo y de nuevo el miedo le impidió abrir aquella puerta. Sintió frío en los pies y regresó en busca de unas zapatillas. Después encendió el mayor número de luces que encontró a su alcance, se acercó a la frontera del terror y giró el picaporte con la actitud del que espera encontrar alguna resistencia proveniente del otro lado. Pero la manilla cedió sin dificultad. Empujó entonces la puerta y aparecieron a su vista las dimensiones oscuras del salón. Para encender las luces de este espacio, dada la situación de los interruptores, era preciso atravesarlo. Elena dudó y sintió que el miedo hacía estragos otra vez en el área de su cuerpo dominada por los intestinos. Comprendió entonces que lo que más temía era ver a su madre sentada en la butaca, bajo el tictac del reloj de péndulo que al ponerse en marcha aquel domingo había restituido el viejo orden, la antigua armonía, la sinta-

57

xis familiar que evocaban la butaca y el reloj y en la que su madre había jugado el papel de cópula, de unión. Sujeto, verbo y predicado, gritó atravesando el salón en un movimiento de pánico. Encendió la luz y contempló la butaca vacía, pero raramente habitada, sobre la que el reloj medía un tiempo que a Elena le concernía y no le concernía a la vez.

El canuto tuvo la virtud de despejarla todavía más. Se lo había fumado entero en la butaca de piel, imaginando que violaba así un espacio por el que no estaba dispuesta a dejarse atrapar. Regresó al dormitorio sin apagar las luces y cuando supo que no podría dormir tomó de la mesilla el diario de su madre e intentó adivinar a qué fechas correspondían los diferentes episodios. Pero en ningún cuaderno, en ninguna de sus hojas, aparecían datos temporales, excepto aquel que se señalaba al principio: «Comienzo estas páginas que ignoro cómo llamaré o adónde me conducirán poco antes de cumplir cuarenta y tres años...»

Elena hizo algunos cálculos para situarse ella misma frente a aquella escritura, pero los abandonó en seguida al advertir que había algunas coincidencias tenebrosas. Pensó también en leer las últimas páginas del último cuaderno, pero decidió que lo haría

58

a la luz del día. Finalmente, abrió uno de los cuadernos al azar y leyó lo que parecía un episodio:

Recuerdo que desde muy pequeña desconfié de la capacidad de los seres humanos para alcanzar la verdad. Ello fue debido a que me hice pis encima hasta muy mayor (quizá hasta los cinco años o más). Entonces mi madre, que era buena pero algo simple, aconsejada quizá por algún médico, me explicaba que el pis se tenía que ir por el váter para pasear y airearse un poco, pero que después regresaba a mi cuerpo y eso se demostraba por el hecho de que a las pocas horas volvía a tener ganas de orinar. A mí, aquello me parecía un disparate porque sabía por experiencia que las cosas que se tiraban por el váter no regresaban jamás y para demostrarlo tiré un anillo de oro que ella apreciaba mucho. A los pocos días comenzó a buscarlo como una loca y yo le dije que no se preocupara, que lo había tirado por el váter y que por consiguiente no tardaría en regresar. Me dio una paliza.

Sin embargo, aunque yo no me creía aquella historia, el hecho cierto de que hacíamos pis varias veces al día me hizo dudar en ocasiones de su veracidad. El pis podía irse con el agua del váter y regresar por vías misteriosas a mi cuerpo. Aún hoy día, viuda, vieja, y con todos los hijos fuera de casa, cuando voy a hacer pis imagino que ese líquido que expulso de mi cuerpo es el mismo que expulsé al poco de nacer, un líquido que a lo largo de todos estos años se ha movido por el interior de un circuito misterioso, conectado a mi vejiga como una obsesión al pensamiento. Porque las obsesiones parece que se van, pero regresan siempre a la cabeza tras recorrer un tubo que llamamos olvido. De todas formas, como digo, aunque esta historia todavía me divierte y pienso en ella cada vez que me siento en el váter, me produjo más daño que otra cosa en el sentido de que introdujo en mí una desconfianza hacia los hombres de la que no me he curado todavía. Por eso, aunque tengo un temperamento religioso, no consigo creerme el misterio de la Trinidad. Creo que esto les pasa también a los protestantes.

Hay otra historia que me contaron de pequeña que me gustó mucho más y en la que todavía creo, aunque no se lo he dicho a nadie. Se trata de lo siguiente: según mi madre, todos tenemos en nuestras antípodas un ser que es exacto a nosotros y que ocupa siempre en el globo un lugar diametralmente opuesto al nuestro (si no, no sería antípoda). Me contaba mi madre que este ser anda, duerme y sufre al mismo tiempo que una porque es nuestro doble y piensa siempre lo mismo que nosotras pensamos y al mismo tiempo. Al parecer, en épocas remotas algunos aventureros viajaron en busca de su doble, pero nunca llegaron a verlo porque el doble se desplazaba al mismo tiempo que ellos para no perder su posición simétrica en el globo, pero también porque el doble había tenido la misma idea y se había puesto a viajar en busca del otro al mismo tiempo. Esta historia me hizo sentirme muy acompañada en mi infancia, pues cuando tenía miedo por las noches pensaba en mi antípoda, a la que le estaba pasando lo mismo que a mí y tenía la impresión de que nos mandábamos ánimos de un extremo a otro de la tierra. A veces, por crueldad, me pinchaba con una aguja un dedo para fastidiarla, pero es que ella hacía cosas que tampoco estaban bien, como un día que se rompió un vestido nuevo por no llevar cuidado con unos alambres y a mí me costó estar castigada cinco días sin salir. A mi antípoda, al principio, la llamaba Florita, pero luego me pareció un nombre un poco cursi y comencé a llamarla Elena (no sé cómo me llamaría ella a mí). Por eso a mi hija mayor le puse ese nombre, que no ha llevado ninguna otra mujer de la familia. Recuerdo que mi marido y mi madre y todo el mundo me preguntaron el porqué de esa decisión, pero yo nunca he confesado a nadie que ése era el nombre de mi antípoda.

Algunas tardes, cuando comprendo que estoy bebiendo más coñá de la cuenta, pienso que a lo mejor es cosa de mi antípoda, de Elena, que se ha alcoholizado por no saber hacer frente a los momentos difíciles de la vida, como este de la soledad que nos ha tocado vivir a las dos en la vejez. Me da pena porque se está destruyendo, aunque a lo mejor en una de estas se suicida y me hace descansar a mí también.

Elena había leído las últimas líneas jadeando. Cerró el cuaderno y lo guardó junto a los otros en el cajón de la mesilla. Luego se levantó, fue al baño e intentó vomitar inútilmente. Pensaba que si conseguía vomitar cesaría el mareo. Estaba pálida. Recorrió el pasillo de un extremo a otro, pues a veces andando se le pasaban los efectos del hachís. Decidió que no volvería a fumar, pues los canutos, últimamente, le producían un efecto raro, siniestro, que la conectaba con aspectos de la vida, de su vida, de los que no había tenido noticias hasta el momento y que habían empezado a emerger con fuerza en los últimos días de la enfermedad de su madre, pero sobre todo a partir de su defunción. Volvió a sentir el sudor que preludiaba el desfallecimiento total, la caída, y corrió hasta la ventana del dormitorio. La abrió y asomó la cabeza. El aire fresco y la lluvia le dieron fuerzas. Cesó el sudor y se metió en la cama con el pelo mojado. Soñó que era pequeña y que jugaba en la playa, muy cerca de su madre, a hacer hoyos en la arena. En uno de estos hoyos encontraba una moneda que representaba un tesoro. La cogía admirada y, sabiendo que se encontraba en el interior de un sueño, la apretaba fuerte en su mano derecha comprobando que la solidez de la moneda era excesiva y que por tanto no podría desaparecer si conseguía mantener el puño bien cerrado hasta despertar.

La despertó el teléfono. Era de día y lunes. Tenía las uñas clavadas en la palma de la mano, pero en su interior no había nada. Descolgó el auricular, su marido estaba al otro lado.

—Estoy en el despacho —dijo.

—¿Cuándo has llegado? —preguntó aturdida.

—Esta mañana a primera hora. No he pasado por casa porque teníamos mucho follón aquí.

Elena miró el reloj. Eran las tres de la tarde. Finalmente había dormido muchas horas. Cuando se despidió de su marido, evocó el sueño y recordó que se refería a un episodio de su infancia. En efecto, en aquellos años lejanos, estando de vacaciones con sus padres, había soñado lo mismo. Al día siguiente, en la playa, cavó varios hoyos y en uno de ellos encontró una moneda. Aquel episodio, que constituía la realización de un sueño, había determinado su vida, pues —al contrario que sus hermanos— siempre había creído que la realización de un deseo, de cualquier deseo, era posible.

El día estaba despejado. A esas horas, el sol entraba por la terraza del salón reduciendo los muebles y las cosas a su pura función. Elena observó bajo esta luz la butaca y el reloj de péndulo y sonrió, aunque sin excederse en el gesto, al recordar los sucesos de la noche. No detuvo el movimiento obsesivo del péndulo por la misma oscura razón que no se depiló la pierna izquierda tras ducharse. En realidad, también la derecha necesitaba ya una limpieza, pero decidió que lo haría en otro momento.

Se sentía mejor de sus malestares habituales y rectificó la promesa hecha durante la madrugada en relación al hachís: procuraría fumar menos y desde luego no fumar fuera de casa. Comprendía que el hachís, en los últimos tiempos, le estaba poniendo al borde de algo indeseable, pero pensó que se trataba de una cosa pasajera, relacionada quizá con la reciente muerte de su madre, que se diluiría en el tiempo como se habían diluido obsesiones pasadas. En este punto recordó aquella frase del diario de su madre en la que se aseguraba que las obsesiones regresan siempre y sintió un momentáneo malestar del que se defendió con decisión y eficacia.

Por la tarde fue a la oficina de correos y comprobó con una alegría teñida de malignidad que había un sobre en el cajetín contratado por ella el viernes anterior. Lo recogió y con él en la mano paseó al azar por las calles buscando siempre la acera donde daba el sol. De este modo llegó a Clara del Rey, donde entró en una cafetería de la que era habitual. Pidió un té y abrió el sobre. El informe estaba escrito a máquina y junto a él había una foto, obtenida con una Polaroid, en la que se veía a su marido paseando por una playa de la mano de una mujer joven. Aunque la foto estaba tomada desde una distancia considerable, Elena reconoció en la mujer a la secretaria de Enrique. Sonrió con superioridad sorprendiéndose de que aquella imagen, más que irritarla, le produjera cierta sensación de alivio. Las historias vulgares solían reconfortarla, pues ponían en el mundo un orden al que ella se sentía ajena, pero que le servía de referencia al mismo tiempo. Tras contemplar la foto unos instantes, se decidió a leer el informe:

El sujeto objeto de la investigación comenzó a ser controlado por el personal de esta agencia a partir de la media tarde del viernes día 26, pese a que el ingreso destinado a cubrir la provisión de fondos no se produjo hasta la mañana del sábado 27. El responsable de esta agencia tuvo en cuenta, pues, que los bancos no abren por la tarde, limitación que sin duda impidió realizar la operación en el momento inmediato sucesivo a la contratación, vía telefónica, de nuestros servicios.

A las 18,00 horas del día señalado, el sujeto abandonó las oficinas de una empresa de «consulting» situada en la confluencia de las calles Islas Filipinas y Julio Casares, donde supuestamente trabajaba, y se dirigió en su coche al aeropuerto de Barajas. Tras dejar el automóvil en el «parking» del citado aeropuerto se dirigió a los mostradores de facturación de Salidas Nacionales, donde se encontró con una mujer de unos veintisiete o veintiocho años, morena, menuda, de larga melena, con la que al parecer había concertado previamente este encuentro. Se saludaron con un beso que, más que familiaridad, denotaba la existencia de una relación íntima, aunque esporádica, y tomaron el avión de las 20,30 que cubre el trayecto Madrid-Alicante. El avión, en principio, estaba completo y este investigador soportó una lista de espera siendo embarcado finalmente en el último momento.

Durante el corto vuelo al destino señalado, el sujeto objeto de la investigación y su acompañante, tras cerciorarse de que en los asientos cercanos no había nadie conocido, mantuvieron una actitud cariñosa que no cesó hasta tomar tierra. Una vez en Alicante, alquilaron un coche dirigiéndose en él a un hotel situado en la playa, a unos 20 kilómetros al norte de la ciudad, donde pernoctaron las noches del viernes, sábado y domingo y en una de cuyas habitaciones —la 334— pasaron la mayor parte del tiempo, pues sólo salían al atardecer para pasear por la playa, recluyéndose después en su habitación, donde solían cenar y comer, además de desayunar. Durante estos paseos no era infrecuente que el sujeto objeto de la investigación liara un cigarrillo, suponemos que de hachís, que se fumaba solo, pues observamos que su acompañante, pese a los requerimientos del sujeto, no quiso hacer uso de la droga que se le ofrecía en ningún momento.

La mañana del domingo, por alguna razón, el sujeto pasó algún tiempo solo en la recepción del hotel. Una hora aproximadamente. La dedicó a la lectura de un libro que guardó en el bolsillo de la chaqueta cuando ella bajó de las habitaciones. Parecían dispuestos a acudir a algún otro sitio pero, ya en la calle, tuvieron una discusión y regresaron al hotel encerrándose hasta el atardecer en la habitación. No fue posible recoger los términos de la mencionada disputa, puesto que la premura con que fue encargado este seguimiento impidió al investigador dotarse de micrófonos direccionales y otros sofisticados medios que, aunque encarecen esta clase de investigaciones, permiten matizar mejor nuestros informes. En cualquier caso, dada la experiencia del investigador, no dudamos en afirmar que se trató de una discusión amorosa, característica en las situaciones de infidelidad conyugal por la doble presión —social y de conciencia— que padecen los adúlteros, incluso cuando llevan a cabo su delito en lugares alejados de su residencia habitual, como es el caso.

Regresaron a Madrid el lunes, en el vuelo de las 7.50 de la mañana, separándose al llegar al aeropuerto de Barajas, donde se dio por concluido el seguimiento. El sujeto tiene unos cuarenta y cinco años, viste bien y pagó la cuenta del hotel con tarjeta de crédito, lo que en las situaciones de adulterio no es habitual, a menos que su esposa no ejerza control alguno sobre su cuenta bancaria. Claro que la casada podría ser ella, aunque ambos portan en donde es costumbre alianza matrimonial.

Se adjunta foto instantánea de uno de sus paseos, ya descritos, por la playa. El hotel se llamaba Tropical.

Elena introdujo la foto y el informe en el bolso, pagó la consumición y salió. La tarde continuaba despejada aunque el sol comenzaba a declinar. Bajó por la calle Espasa hacia Corazón de María y llegó hasta el portal donde vivía su hija, pero después de dudar un instante siguió andando. La primavera y el informe habían producido en su cuerpo un optimismo liberador. Llegó hasta López de Hoyos y tomó un taxi para volver a casa.

Su marido ya había llegado. Intercambiaron unas frases de afecto y se fumaron juntos un canuto.

—¿Cómo fueron las cosas el domingo? —preguntó Enrique.

—Bien —respondió Elena, que se había sentado en la butaca de su madre—. Me tocó la butaca y el reloj.

—No está mal —sonrió su marido—. Además, quedan muy bien ahí. Siempre me gustaron las campanadas de este reloj.

—Las campanadas y el tictac —añadió Elena.

—El tictac también —concedió Enrique.

Elena esperó a que el hachís focalizara sus efectos en la nuca, o quizá en la frente, y preguntó:

—¿Tú crees que somos vulgares?

Enrique pareció ponerse en guardia, pero Elena calculó por el brillo de sus ojos y por el descenso que habían sufrido sus párpados que el canuto había comenzado a hacer estragos en su inteligencia. Finalmente respondió:

—Tú nunca has sido vulgar.

—Te pregunto por nosotros, no por mí.

—No hemos sido vulgares gracias a ti.

—¿Tú eres vulgar entonces?

—Yo quiero ser vulgar desde hace mucho tiempo —respondió Enrique con un tono que estaba entre la amargura y el resentimiento.

—¿Por qué? —insistió Elena.

—Porque deseo ser feliz.

Elena se levantó y se dirigió al mueble bar. Evitó la botella de coñá y cogió una de whisky. Le ofreció uno a Enrique. Estuvo a punto de confesar el descubrimiento del diario de su madre, pero pensó que su marido no merecía esa confidencia. Volvió a sentarse en la butaca, dio un par de sorbos y habló dirigiéndose al techo:

—Esta noche he descubierto por qué no soy vulgar. Verás, de pequeña soñé que hacía un hoyo en la playa y descubría una moneda. Pensé que si conseguía mantener el puño cerrado, con la moneda dentro, al amanecer seguiría en mi mano. Cuando desperté había desaparecido, pero esa misma mañana, en la playa, cavé un hoyo y volví a encontrarla. Por eso no me he sometido, como mis hermanos, a las imposiciones de la realidad, porque todavía creo que los sueños son realizables.

—Eso fue una casualidad —respondió

70

Enrique al tiempo que se incorporaba y encendía la televisión—. Voy a ver las noticias.

Elena permaneció en la butaca con las piernas cruzadas, apurando su whisky, hasta que sintió hambre. Entonces se incorporó y fue a la cocina con la intención de prepararse un bocadillo.

Cinco

A lo largo de los días siguientes la primavera alcanzó un grado de penetración que influyó en el espíritu de Elena. No era infrecuente que por las tardes se nublara e incluso que llegara a llover con la violencia de lo que no dura, pero las mañanas eran soleadas. Elena se sentía mejor, aunque no ignoraba que se trataba de un equilibrio muy precario. Sus síntomas, sin desaparecer, se habían atenuado y la presión de aquella fuerza desconocida sobre el intestino sólo actuaba bajo los efectos del hachís. En general, su cuerpo parecía recorrido por pequeños desarreglos fantasmales, como si la enfermedad buscara un lugar apropiado en el que asentarse y durar. Fue al médico en un par de ocasiones, pero acudió sin fe y no llegó a hacerse los análisis que le recomendaron.

En ocasiones recordaba el suceso de la guardería y pensaba que en aquellos momentos había llegado a la frontera de algo sin retorno, pero el hecho de haber sabido detenerse en el límite le daba una seguridad que a veces le parecía gratuita y a veces no. Como pasaba mucho tiempo en casa, decidió despedir a la asistenta, pues comenzó a parecerle un testigo incómodo, una presencia molesta que se movía por el hogar como la enfermedad por su cuerpo: sin producir grandes estragos pero haciéndose sentir en cada uno de los órganos, en cada una de las habitaciones por donde pasaba, como un dolor que se oculta temporalmente bajo los efectos de un fármaco, pero cuya presencia —aunque escondida— posee cierta capacidad de actuación. La casa, sin la asistenta, sufrió un deterioro perceptible, pero Enrique no dijo nada aunque comenzó a mirar con cierta aprensión las camisas apresuradamente planchadas por su mujer.

Elena había telefoneado a la agencia de detectives a los pocos días de aquel primer informe. Cogió el teléfono la misma persona de la vez anterior, con quien mantuvo una conversación estimulante.

—Su informe —dijo Elena— nos pareció bien, aunque excesivamente descriptivo.

—¿Qué quiere decir? —preguntó la voz.

—Hablaba mucho de los movimientos de la persona investigada, pero no entraba a valorar sus actitudes. Por ejemplo, cuando el informe dice que el sujeto objeto de la investigación leía un libro, nosotros queremos saber qué libro leía. Nos interesan cosas de su carácter y no sólo una relación de movimientos. El informe, por ejemplo, acierta cuando se atreve a aventurar que la disputa entre los supuestos adúlteros es de carácter amoroso. ¿Me comprende?

—En principio —respondió la voz algo insegura— nuestro trabajo no consiste en emitir juicios; no obstante, si seguimos adelante con la investigación, hablaré con el detective para que sea más explícito.

—No queremos que sea más explícito, queremos que sea más atrevido, aunque el investigador se implique personalmente en lo que cuenta. Un detective no es sólo una voz; tendrá cuerpo y edad y sentimientos respecto a lo que ve. ¿Comprende?

—Podemos intentarlo —añadió la voz con un tono de seguridad que sonaba a hueco.

Elena encargó entonces un informe global sobre Enrique que recogió a los pocos días en el apartado de correos. Lo leyó en la cama, con placer, a la hora de la siesta. Decía así:

El sujeto objeto de la investigación tiene cuarenta y seis años, los mismos que este investigador, aunque podría aparentar cuarenta y uno, al contrario que este investigador, que representa cuarenta y nueve. Se llama Enrique Acosta Campos y es directivo de una empresa de «consulting» que ha cambiado tres veces de nombre en los últimos cinco años sin modificar por eso su domicilio social. Todo parece indicar que se trata de una empresa fantasma, ligada a determinados círculos del poder político, que tras efectuar operaciones de gran envergadura económica desaparece para emerger al poco bajo unas nuevas siglas. En el último año han hecho dos operaciones importantes, una con el Ministerio de Industria y otra con el de Sanidad y Medio Ambiente. En ambos casos se trató de estudios de mercado, o algo parecido, a los que este investigador no ha tenido acceso. En el caso de que nuestro cliente necesitara más información sobre esta empresa, que ahora se llama Nuevos Mercados, S.A., sería preciso subcontratar los servicios de una agencia especializada, pues ya decimos que posee numerosas ramificaciones —algunas de ellas con una multinacional de publicidad— difíciles de probar y a través de las cuales el dinero circula de forma subterránea hasta desaparecer, aunque ignoramos dónde y en qué cantidades. El sujeto llamado Enrique Acosta vive bien, aunque sin ostentaciones, y pasa mucho tiempo de su jornada laboral en la calle, realizando contactos que lo llevan de un ministerio a otro. Es posible que tenga intereses económicos en Venezuela y México, adonde ha viajado con alguna frecuencia en los últimos meses. Raro es el día que no tiene un almuerzo de trabajo, siempre en restaurantes de élite frecuentados por empresarios y políticos.

Está casado con Elena Rincón Jiménez, de cuarenta y tres años, los que representa. Se trata de una mujer delgada, frecuentemente ojerosa, de la que apenas conocemos relaciones. Pasa mucho tiempo en casa, aunque en otro tiempo trabajó en el área creativa de una pequeña empresa de publicidad, ya desaparecida, que debió de ser filial de la de «consulting» que entonces dirigía su marido. En cualquier caso la mencionada Elena Rincón abandonó su trabajo antes de que esta empresa cerrara por quiebra aparente y posiblemente por razones de orden personal que no nos ha parecido de interés averiguar por el momento, aunque, como ignoramos a qué fines va dirigida esta investigación, es posible la comisión de errores en la valoración de lo que es importante y lo que no.

Ambos cónyuges poseen cuentas bancarias separadas, aunque la tal Elena no parece tener ingresos regulares, excepto los derivados de una serie de paquetes de acciones de diversas empresas cedidas posiblemente por el mencionado Enrique Acosta. En la cuenta de Elena Rincón se ha producido recientemente un ingreso sin cuantificar que procede de la venta de un piso que perteneció a su madre, ya fallecida.

Las relaciones entre ambos cónyuges son aparentemente de libertad e independencia mutuas. De hecho, él lleva una vida amorosa bastante irregular, aunque últimamente parece haber alcanzado algún grado de estabilidad sentimental con su secretaria. Es consumidor habitual de hachís y posiblemente de cocaína, pero combate estos excesos acudiendo regularmente a un gimnasio cercano a su despacho donde practica los cuidados corporales de moda.

El matrimonio tiene una hija de veintidós años, llamada Mercedes, casada desde hace dos años y con residencia en Madrid. La mencionada Mercedes Acosta apenas se relaciona con su madre, pero se ve frecuentemente con su padre, de quien recibe dinero de forma más o menos habitual, y con quien parece mantener unos lazos de afecto que no guardan relación, en apariencia, con estas ayudas económicas. Por cierto, el libro que leía Enrique Acosta en Alicante se titulaba *La Metamorfosis*.

Elena había guardado el informe en el cajón de la mesilla, junto al diario de su madre y después había intentado dormir inútilmente. Estaba excitada y divertida por el horizonte que se abría ante su vida con esta investigación. Dio varias vueltas en la cama y al cabo se incorporó y tomó el último cuaderno —el numerado con el seis— del diario de su madre. Había pensado leer el final, pero decidió no hacerlo, como si todavía no hubiera llegado el momento, como si se encontrara inmersa en una cadena de sucesos significativos en los que era importante conservar la calma y atender cada cosa en su momento para que en el orden de la cadena no se produjera ninguna disfunción. Guardó, pues, el cuaderno en la mesilla y encendió un cigarro que saboreó lentamente, observando el juego de luces que el reflejo de la ventana producía en el techo. Era indudable que pensaba, pero su cabeza, más que producir ideas, elaboraba el cauce por el que éstas deberían discurrir en el futuro inmediato.

A eso de las seis de la tarde se levantó con idea de telefonear a la agencia de detectives, pero antes de hacerlo se fumó un canuto, pues quería mostrarse especialmente desinhibida a lo largo de la conversación.

Por alguna razón, los efectos del hachís

tardaban en aparecer, por lo que Elena les facilitó la circulación con un whisky. Tras el primer sorbo sintió una plenitud corporal no exenta de cierto sentimiento omnipotente y se sentó junto al teléfono del salón, con el vaso y el cenicero a su derecha, sin dejar de observar el reloj y la butaca de su madre que estaban frente a ella. El vacío aparente de la butaca le sugirió la idea de una ausencia escandalosa, aunque temporal. Faltaba, efectivamente, un nexo que la uniera al reloj, pues ambos objetos se relacionaban mal entre sí sin el volumen de la madre, como si los tres hubieran formado una unidad indisoluble y misteriosa, del mismo tipo que la formada por las tres personas de la Santísima Trinidad, misterio en el que, sin embargo, no había llegado a creer su madre.

Cogió el teléfono el sujeto de siempre y Elena, tras identificarse y saludar, fue directamente al grano.

—El último informe —dijo— está más en la línea de lo que necesitamos, pero aún habría que corregir algunas cosas.

El sujeto que estaba al otro lado de la línea respiró con ansiedad y Elena comprendió que estaba entregado.

—Es muy difícil —respondió finalmente la voz— emitir un informe cuyos fines se ignoran. No es lo mismo, por ponerle un ejemplo, realizar un informe económico-financiero de una persona o una institución, que llevar a cabo una investigación de adulterio dirigida a la tramitación de un divorcio. Los investigadores necesitamos un «briefing», que dirían en el mundo anglosajón, para que nuestros informes sean a la vez concisos y eficaces, que vayan al corazón del asunto, en resumen. Por eso nos ayudaría mucho tener una entrevista personal con el cliente.

—Ya le he dicho que eso no es posible —respondió Elena en un tono que pretendía ser tajante, pero que le salió seductor—; sin embargo, le aclararé algunos extremos que quizá le ayuden, en el caso, naturalmente, de que todavía les interese este trabajo.

La voz se apresuró a confirmar su interés y Elena sonrió en dirección a la butaca de su madre. Posiblemente, pensó, había ido a llamar a una agencia en la que sólo había un detective, que también la dirigía, y que ahora estaba al otro lado del teléfono dispuesto a hacer cualquier cosa para no perder a aquel cliente fantasma que empezaba a proporcionarle unos ingresos regulares.

—Nos han gustado algunos detalles del último informe —continuó Elena—, como el hecho de que el investigador revele su propia edad, pero no nos gusta ese tono impersonal que todavía sigue utilizando con tanto «nosotros creemos, nosotros pensamos», que parece el Papa más que un sujeto de carne y hueso. En el futuro que emplee el «yo» y que piense que le cuenta las cosas, no sé, a un amigo y no a un consejo de administración. ¿Entiende lo que le quiero decir?

—Sí, señora —dijo la voz con un perceptible toque de rencor en el tono.

Elena decidió disminuir la tensión:

—No me entienda mal —añadió—, los informes son muy buenos, están muy bien escritos, pero falta la voz de un narrador personal, de un ser humano que opine sobre lo que oye o ve.

—¿Le gustaron entonces los informes? —preguntó la voz necesitada de un estímulo.

—Están muy bien, ya se lo he dicho; hay en ellos una gran pulcritud sintáctica, pero son excesivamente contenidos, como si el investigador, que, no lo olvidemos, es el que narra, estuviera apresado en el interior de un corsé lleno de fórmulas y frases hechas de las que no pudiera desprenderse. Por ejemplo, en el último informe la figura de la mujer (Elena Rincón, creo que se llama) queda un poco desdibujada. El caso es que tiene un acierto enorme al describirla como una mujer ojerosa, pero no sabemos si eso es un atributo facial o el resultado de una mirada atormentada. Tampoco sabemos cómo viste o si parece feliz o si se siente sola.

—Es que esas cosas —pareció disculparse la voz— pertenecen al terreno de la subjetividad, compréndalo.

—Compréndalo usted —respondió Elena sorbiendo apuradamente un poco de whisky—, porque se trata de eso, de ser subjetivos, tremendamente subjetivos.

En ese instante, en el reloj del péndulo comenzaron a sonar los cuartos correspondientes a las siete de la tarde. Elena dirigió el auricular del teléfono hacia el lugar de la pared donde estaba situado el reloj y cuando cesaron las campanadas habló de nuevo:

—¿Ha oído usted eso?

—¿Las campanadas? —preguntó la voz.

—Las campanadas, sí. Pertenecen a un hermoso y distinguido reloj de péndulo que a su vez está situado en un salón palaciego desde el que hablo con usted recostada en un diván de cuero. El reloj, el salón y el diván pertenecen a la persona para la que usted y yo trabajamos, cada uno en su sitio y desde sus funciones específicas. Le puedo asegurar que su cliente, mi jefe, es tremendamente generoso cuando se le sabe dar lo que pide y lo que le pide a usted es subjetividad. ¿De acuerdo?

—De acuerdo —respondió decidida la voz, que pareció haber entendido y asumido a la vez con satisfacción la demanda.

—Otra cosa —añadió Elena—, no pierda usted el tiempo investigando los miserables negocios de Enrique Acosta; conocemos de sobra la situación. Háganos un informe, que no tiene por qué ser largo, pero sí jugoso, de su pasado y, más que de su pasado, de cómo ha llegado hasta donde está. Entiéndame: no describa más de lo necesario, interprete lo que es importante.

Cuando colgó el teléfono, la satisfacción desbordaba los límites de su piel. La combinación del hachís y el whisky, por primera vez en mucho tiempo, no había producido en su cuerpo ningún efecto desastroso. Encendió un cigarro y fue a sentarse en la butaca de su madre con idea de comenzar a leer allí una novela, pero estaba poseída por un grado de excitación que le impedía centrarse en la lectura. Abandonó el libro y se limitó a escuchar el tictac del reloj. La realidad había perdido el aire mortuorio de los días que precedieron y siguieron al fallecimiento de su madre. A través del ventanal de la terraza entraba una luz limpia y azul que sugería la presencia del mar. De súbito, Elena sintió que el reloj, la butaca y ella misma formaban un círculo y comprendió oscuramente que su miedo de los días pasados no provenía de la posibilidad de encontrarse con su madre en la butaca, sino de convertirse ella misma en su propia madre atraída por aquel conjunto en el que ella, en aquellos momentos, actuaba de cópula o unión. La idea, en la que no dejó de reconocer un aspecto siniestro, no produjo ninguna impresión inmediata en sus vísceras, quizá porque se hallaba en el momento más alto que la combinación del hachís y el whisky solían producirle. Por el contrario, pensó con cierto afecto en su antípoda y se felicitó por los instantes de placer que sin duda le había proporcionado a lo largo de la conversación con el detective.

Su marido llegó a las nueve y fumaron un canuto juntos en la cocina antes de cenar. Era frecuente que no hablaran, pero en sus silencios nunca había tensión o había desaparecido hacía muchos años.

—¿Has visto a Mercedes? —preguntó Elena.

—¿Por qué? —respondió Enrique.

—Sé que os veis con frecuencia a mis espaldas y no me importa.

—No nos vemos a tus espaldas —dijo Enrique con gesto de cansancio—. Parece que hables de una amante más que de una hija. Mantenemos simplemente una relación que entre vosotras no ha sido posible.

—¿Por mi culpa?

—No culpo a nadie, digo lo que pasa.

—¿Qué piensa Mercedes de mí?

—Deberías preguntárselo a ella, pero yo creo que en vuestra relación tú has puesto siempre un punto de distancia, de frialdad, que os ha alejado. Por ejemplo, sabes que adoraba a tu madre, que fue una buena abuela, y ni siquiera fuiste a su entierro.

—No me encontraba bien —respondió Elena endureciendo el gesto.

Enrique no añadió nada. Desde el salón llegaron, difuminadas, las campanadas del reloj de péndulo que subrayaron el silencio tenso de los últimos minutos. Elena intentó cambiar de tono. Dijo:

—Por cierto, llevo varios días buscando *La Metamorfosis*, de Kafka, en la biblioteca. Ha desaparecido.

—La tengo yo en el despacho. He terminado de leerla, pero se me olvida traerla todos los días.

—¿Cómo te ha dado por volver a leer eso a estas alturas?

Enrique sonrió antes de responder:

—Pensé hace poco que siempre la había

leído desde el lado de la víctima y decidí hacer una lectura desde el otro lado, intentando ponerme en el punto de vista de los padres del insecto, de su jefe, de su hermana.

—¿Y eso?

—Bueno, tuvo que ver con algo más complicado. Estuvimos en la oficina haciendo un proyecto de remodelación de un barrio periférico para el Ministerio de la Vivienda y cuando fui allí y vi las condiciones de vida de la gente me acordé de la lucha de clases y todo eso. Esa noche, después de fumarme un canuto, comprendí que, en otro tiempo, siempre que hablábamos de la lucha de clases lo hacíamos desde el punto de vista de los perdedores. Sin embargo, yo, personalmente, había ido ganando esa lucha en los últimos años, pero todavía hablaba como si viviera en un barrio periférico. Entonces decidí reconvertirme.

Elena puso la ensalada sobre la mesa, miró a Enrique como si tratara de reconocerle o como si buscara en su rostro algún rasgo de una imagen perdida. Finalmente dijo:

—Eres un cínico.

Y eso fue todo.

Seis

En los días siguientes Elena pareció perder el miedo a la butaca. Tomaba en ella el primer café de la mañana, bajo el tictac y las campanadas del reloj, que medían el ritmo bajo cuya ley temporal se desarrollaba una oscura cadena de significados de duración y objetivo imprevisibles. Una trama que concernía a su existencia parecía organizarse a sus espaldas. Aunque no exactamente a sus espaldas, sino en el lado más oscuro de su vida.

En aquella butaca leyó también el tercero de los informes encargado a la agencia de detectives. Decía así:

La vida de Enrique Acosta Campos podría merecer tres líneas o cien folios, depende del lugar en el que uno se coloque para contarla, de lo que paguen por ese relato y del valor simbólico que le atribuyamos. Este investigador, por razones de inclinación personal y del tipo de trabajos que ha realizado hasta el momento, tiende a situarse en sus pesquisas en el lugar más silencioso del tinglado, en un espacio mudo, por decirlo así. A ese lugar las actitudes y las voces llegan con una claridad insospechada; es esa claridad la que permite hacer informes objetivos, limpios de la confusión que producen los afectos.

Digo esto porque la desconcertante petición de mi cliente, que me exige ser subjetivo y, por tanto, apasionado, me sitúa frente a mis propios intereses de orden, digamos, intelectual. Quizá el término intelectual pueda parecer excesivo para el tipo de cultura que normalmente se atribuye a quienes realizamos esta clase de trabajo. Pero en mi caso es así y no voy a mentir en aras de una objetividad que no me pagan. Soy un criminalista fracasado, pero un criminalista al fin. He realizado numerosos estudios relacionados con esta materia y tengo algunos escritos que quizá algún día alcancen la gloria de la imprenta, el honor de la letra impresa. Otros con menos merecimientos lo han logrado.

Pues bien, esa contradicción, en principio profesionalmente dolorosa, pero inevitable, puesto que tengo que ganarme la vida, ha iluminado un poco mi existencia, pues me ha colocado frente a un hombre, Enrique Acosta, que en muchas cosas es mi negativo, mi contrario.

Yo podría decir que este sujeto, objeto de la investigación en curso, pertenece a una familia de la clase media de aquellas que alcanzaron cierto nivel económico en los sesenta. Podría añadir que estudió Derecho, en cuya Facultad conoció a la que hoy es su esposa, Elena Rincón, y que participó activamente en los movimientos estudiantiles de la época llegando a militar en un partido de izquierdas hoy desaparecido o deglutido, quizá, por los partidos que en la actualidad ocupan el poder o su periferia.

Podría seguir en ese tono, averiguar datos, fechas, nombres y levantar una biografía coherente o no, pero avalada por certificados o situaciones concretas, reseñables, que darían cuerpo y garantía a este informe. Podría añadir incluso que quizá fuimos compañeros, porque tenemos la misma edad, aunque aparento más, y también yo estudié Derecho en aquellos años, aunque he de reconocer que iba algo retrasado, pues inicié el bachillerato en una edad tardía y tuve que alternar mis estudios con diversos trabajos que no me dejaron mucho tiempo para las relaciones personales.

Pero nada de ello es necesario si mi cliente insiste en que sea subjetivo. En mi opinión, y si eso es lo que quieren saber quienes me pagan, este sujeto, que hoy podría vivir en un chalet adosado si no fuera porque odia las plantas, jugó a la revolución en su momento y después, como tantos otros, se fue adaptando poco a poco a sus necesidades gastronómicas y sexuales. Sin ninguna ruptura, en una transición imperceptible y lenta que lo condujo a los aledaños del poder donde hoy se encuentra confortablemente instalado. Conozco bien a estos tipos, dejaron tirados en el camino a sujetos como yo, que —preciso es confesarlo— carecimos de la inteligencia precisa o la falta de escrúpulos necesarios para darnos cuenta a tiempo de lo que iba a suceder. Para ellos ser detenidos era una insignia, algo así como una herida de guerra, pero para mí supuso tener que abandonar la carrera y mi verdadera vocación criminalista para la que, por naturaleza, me sentía dotado. Me hicieron la revolución, como quien dice, y luego se largaron a ocupar despachos y consejos de administración y direcciones generales desde las que han perdido la memoria de la gente como yo. Son lo que fueron siempre, unos señoritos, pero conservan de aquel paréntesis de sus vidas el gusto por el hachís o por la cocaína, o por unas músicas que yo no entiendo, porque piensan que eso todavía les hace diferentes. Afortunadamente, algunos de ellos han agarrado un cáncer o un SIDA que les hace sudar en clínicas de renombre internacional donde cuidan su muerte como en otra época lamían su imagen. Son unos cabrones, unos hijos de puta, y Enrique Acosta es el mayor de todos ellos, mi enemigo. Esto es subjetividad y lo demás son cuentos. Vale.

En cuanto a Elena Rincón Jiménez, su esposa, tiene una historia parecida, en mujer, claro está. Por cierto, sus ojeras son sin duda el resultado de la ingestión de drogas, aunque sería aventurado decir qué clase de drogas y por dónde se las mete. Sale poco, pero cuando sale no va a ningún sitio y se pone gafas de sol para ocultar la dilatación anormal de sus pupilas. Hace poco ha despedido a su asistenta, con la que este investigador ha entrado en contacto sin obtener de ella informaciones muy precisas, pues se trata de una mujer de poca cultura y escasas dotes de observación. Elena Rincón podría ser una mezcla de ama de casa contemporánea y mujer liberada que no soporta las imposiciones de un trabajo regular. Su modo de vestir no es espectacular, pero tampoco sencillo. Utiliza un tipo de ropa cara que parece más barata de lo que en realidad es. Curiosamente, no pretende parecer más joven.

Elena se quedó momentáneamente perpleja, como si le hubiese estallado entre las manos un artefacto diseñado por ella pero destinado a otro. Permaneció durante un tiempo incalculable observando la luz del ventanal, ejercitando la pierna derecha, que colgaba sobre su muslo izquierdo, en un movimiento pendular que seguía el ritmo del tictac del reloj situado por encima de su cabeza. Atardecía ya y las escasas nubes, desgarrándose como pequeñas bolas de algodón podrido, adquirían un color rosáceo que sugería la existencia de una enfermedad. Cuando llegó Enrique continuaba en la misma postura, pero tuvo tiempo, antes de que entrara en el salón, de ocultar el informe y recomponer los rasgos de su cara.

Su marido lió un canuto y se lo ofreció, pero Elena lo rechazó.

—¿Y eso? —preguntó Enrique.

—Últimamente no me sientan bien.

—¿Vuelves a tener problemas con tu aparato digestivo?

—Con el digestivo exactamente no —respondió Elena—. Se trata de algo más general. Cuando fumo, no controlo las imágenes.

—¿Qué imágenes?

—Las imágenes de mi vida, lo que fui, lo que soy, lo que seré de vieja, si todavía puedo hablar como si fuera joven.

—Pasas mucho tiempo en casa —sonrió Enrique.

—Te asustan estas conversaciones, ¿verdad?

94

Enrique se había tumbado en el sofá, con la mano izquierda en la nuca y la derecha en el porro, mirando a Elena, que continuaba sentada en la butaca de su madre. Enrique sonrió, parecía muy joven aquel día.

—No, mujer —dijo—, a mí me asustan ya muy pocas cosas. Me preocupas tú, el modo en el que vives, el que hayas dejado de ver a los amigos, tu aislamiento, esa manía de darle tantas vueltas a las cosas... —Miró el reloj y puso cara de fastidio—: Tengo esta noche una cena horrorosa; tendría de cambiarme.

—Te he planchado la camisa rosa.

—Gracias, me apetece ponérmela.

Enrique se levantó, apagó el canuto y se dirigió al dormitorio. Elena le siguió y se sentó en el borde de la cama, observándolo. Al fin dijo:

—¿Qué te da el hachís ahora, al cabo de los años?

—Menos que entonces, pero todavía le saco algún partido. Has de tener en cuenta que yo nunca he fumado tanto como tú. ¿Te acuerdas del año que fuimos a Marruecos? Estuviste tres días colgada viendo a Dios y al diablo y a toda la corte celestial. Siempre has tendido a apurar las experiencias muy deprisa. Yo tengo otro ritmo.

—Pero ¿qué te da?

—Perspectiva. Veo las cosas sin pasión, comprendo su trampa.

—¿Qué trampa?

—La trampa que hay detrás de todo. Tú y yo seguimos juntos gracias al hachís; los que no lo probaron creyeron que era posible iniciar una relación distinta y ya lo ves, cayendo de pareja en pareja para repetir las mismas cosas. Me sigue ayudando mucho para hacer el amor.

—Tú y yo ya no hacemos el amor.

—Hablaba en general.

—No entiendo lo que dices de la trampa.

Enrique acabó con el nudo de la corbata y fue a sentarse en la cama, junto a Elena. Había abandonado el gesto de seguridad anterior y eso le había envejecido. Pareció pensar unos instantes, después dijo:

—Todavía no sé explicarlo y tampoco tengo mucho interés en poder hacerlo porque me basta con entenderlo intuitivamente, con el lado de la inteligencia o de las tripas encargado de entender esas cosas. Pero hay una trampa fundamental, a la que estamos sujetos, y multitud de trampas accesorias que podemos evitar o no. Yo he decidido evitar las accesorias. ¿Recuerdas cuando murió mi padre? Yo había ido a verle unos días antes y ya entonces lo mezclaba todo. Seguramente no sabía quién era ni dónde estaba. Pero hubo un instante en el que pareció reconocerme y me hizo una confesión que no diría que cambió mi vida, porque detesto esas frases de carácter transcendental, pero que fue como un veneno o una revelación que ha ido actuando en mí a lo largo de todos estos años y que el hachís me ha hecho comprender, aunque no me ha enseñado a explicar.

Elena parecía asustada, pero consiguió hacer la pregunta.

—¿Qué te confesó?

—Me dijo que el día anterior se había masturbado y que para hacerlo recurrió a la misma fantasía utilizada la primera vez que lo hizo. Después quedó callado unos instantes y añadió: «En realidad siempre he utilizado la misma fantasía, con ligeras variantes». ¿Te das cuenta? ¿Cuántas veces se masturba uno a lo largo de su vida? ¿Miles? ¿Cientos de miles? ¿Millones? No lo sé, pero sí sé que cada vez que lo hace cree repetir una experiencia única, diferente, cuando la verdad es que permanecemos atados a la misma obsesión desde el principio. No sé lo que esto significa, pero sí sé que introdujo en mi vida un factor de conocimiento que antes no estaba y que me ha ayudado a alcanzar algún tipo de acuerdo conmigo mismo, con mis contradicciones y deseos.

—No te entiendo —dijo Elena como si no le hubiera escuchado.

—Te lo diré de otro modo: aquella confesión me hizo mayor de golpe y en el peor sentido de la palabra, en el único en el que realmente se puede ser mayor.

Cuando Enrique salió de casa, Elena se sentó en la butaca y comenzó a llorar, aunque no se sentía en posesión de ningún dolor moral o físico que lo justificara; se trataba más bien de un descanso, como si su organismo hubiera decidido bajar temporalmente las defensas y permitirse el lujo de una deflación, de una caída destinada a acumular energías. Pensó que quizás el llanto estaba cumpliendo la función que días o meses atrás cumplían los desmayos, de los que por lo general salía fortalecida. Cuando cesó el llanto, se acordó, por costumbre, de la cena, pero no tenía ganas de comer. Pensó entonces que tenía frente a sí la posibilidad de liar un canuto y quedarse dormida en la butaca, viendo la televisión, hasta que regresara su marido, pero asoció esa posibilidad al coñá y los ansiolíticos de su madre, y también al informe del detective. Decidió no hacerlo. En realidad, no se trataba de una decisión propia, pues parecía provenir de una voluntad ajena, aunque ligada a la suya por unos lazos invisibles.

Pensó con un toque de ironía que quizá se lo debía a su antípoda que por alguna razón a estas alturas de la vida había decidido comenzar a cuidarla, a cuidarse. Lo cierto es que los efectos del hachís tan deseados ayer mismo parecían indeseables hoy y todo había sucedido de un modo aparentemente gratuito y simple, como el resto de las cosas de la vida.

Decidió irse a la cama y leer hasta que las palabras atrajeran el sueño. Una vez acostada, tuvo un recuerdo, igualmente gratuito, para Gregorio Samsa, a quien tanto había amado en otro tiempo, y pensó que durante los últimos años también ella había sido un raro insecto que, al contrario del de Kafka, comenzaba a recuperar su antigua imagen antes de morir, antes de que los otros le mataran. El pensamiento consiguió excitarla, pues intuyó que si conseguía regresar de esa metamorfosis las cosas serían diferentes, pues habría salido de ella dotada de una fortaleza especial, de una sabiduría con la que quizá podría enfrentarse sin temor a los mecanismos del mundo o a quienes manejaban en beneficio propio, y contra ella, tales mecanismos.

Iba a coger una novela que llevaba meses sobre la mesilla, pero un impulso en el que ya no había miedo, sino deseo de saber, la condujo a abrir el cajón del mueble y tomar de allí uno de los cuadernos del diario de su madre. Como siempre, buscó al azar lo que parecía el comienzo de un episodio y leyó:

Sólo en una ocasión fui al extranjero y por eso tuve la oportunidad de vivir en un hotel. Acompañé a mi marido a una ciudad de Francia que se llama Burdeos, adonde su empresa lo había enviado para que supervisara unos trabajos propios de su especialidad. Sólo estuvimos allí dos días y yo permanecí todo el tiempo en el hotel, que era muy bueno y por el que no sabía cómo moverme. La primera noche mi marido tuvo que salir para hacerse cargo de unos compromisos sociales en los que yo no estaba llamada a participar. Recuerdo que me puse el camisón especial que me había llevado y esperé a mi marido estudiando las características de la habitación y revisando un libro de francés de una de mis hijas, que había metido en la maleta para aprender algunas frases de ese idioma. El camisón era un poco provocador porque yo pensaba que estar en el extranjero era como ser otro y que allí podríamos comportarnos como otros, como si estuviéramos acostumbrados a viajar por las diversas partes del universo mundo arrastrando la vida un poco licenciosa que llevan esas gentes que se mueven tanto y con tanta naturalidad. En un momento dado fui al cuarto de baño para mirarme en el espejo, porque el cuarto de baño tenía un espejo muy grande y sin defectos iluminado por multitud de luces blancas, tan blancas y brillantes como el resto de los aparatos sanitarios (el lavabo, el bidé, la bañera, la taza del váter) que más que aparatos sanitarios parecían muebles de lo bonitos que eran. Aunque lo que iba a hacer me pareció un pecado, comencé a hacerlo.

Me puse frente al espejo, me retoqué el pelo, me lavé los dientes y después me bajé los tirantes del camisón y me descubrí los senos, que han sido la parte más apreciada de mi cuerpo. No eran como los de entonces (llamo entonces a mi juventud), pero no carecían de atractivo. Me llevé las manos a ellos, a su base, para elevarlos un poco, y noté un bulto extraño en el derecho. Creo que empecé a sudar de miedo y que ya estaba a punto de desmayarme cuando conseguí sentarme en la taza del retrete donde me subí los tirantes y comencé a mirar los dibujos de la cerámica que había en las paredes. Pensé entonces que quizá había sido una sensación falsa, pero no me atreví a comprobarlo. Luego pensé en la calidad del bulto, en su tamaño (era como una naranja pequeña o una mandarina) y me consolé con la idea de que quizá llevaba allí muchos años creciendo con tanta lentitud que yo ni me había dado cuenta, pues nunca antes de salir al extranjero me había atrevido a tocarme los pechos de ese modo. Podría seguir, por tanto, muchos más años y yo no vol-

101

vería a tocarme los pechos ni a viajar fuera para no darme cuenta y a lo mejor lo olvidaría y me haría muy vieja antes de que el bulto creciera demasiado.

Cuando logré calmarme un poco, me coloqué otra vez frente al espejo, me bajé los tirantes y, sin tocarlos, los observé detenidamente y comprobé que el pezón derecho estaba ligeramente retraído, como si una fuerza interior lo atrajera hacia sí. Dios mío, qué miedo tuve. Cuánto miedo cabe en un cuerpo humano, sobre todo en el cuerpo de una mujer, porque los hombres están hechos de otro modo, con menos complicaciones que nosotras, por eso viajan y hacen cosas prohibidas sin que llegue a sucederles nada.

Permanecí durante mucho rato en el cuarto de baño, sin llegar a desmayarme, aunque tengo cierta facilidad para ello, sobre todo desde que Elena, mi antípoda, se ha dado al alcohol y a las pastillas. Tuve un pensamiento extraño que quizá perteneciera a mi antípoda, que estaría en ese instante en otro hotel contrario al mío temblando de miedo como yo. Pensé que en los cuartos de baño de los hoteles es relativamente fácil establecer un pacto con la locura. Todo brilla y está tan limpio y todo está dotado de unas curvas tan suaves que la locura resbala por la superficie de las cosas sin sufrir ningún daño. Además, en los cuartos de baño de los hoteles caros (las pensiones son otra cosa; ir a una pensión es como volver a casa) no hace frío

102

aunque una esté desnuda mucho tiempo.

Cuando regresó mi marido, yo ya había realizado ese raro acuerdo que, como digo, seguramente era una cuestión de mi antípoda, aunque a mí me hizo bien, y me había acostado con los ojos abiertos. Al principio me hice la dormida, pero después de que él insistiera cedí y lo hicimos como nunca, mucho mejor que las primeras veces que éramos más jóvenes, pero no sabíamos.

Por eso me da miedo que mis hijas viajen al extranjero y vayan a hoteles, sobre todo Elena, con ese marido que la ha metido en cosas de política, que ella no entiende.

Elena cerró el cuaderno y lo guardó en el cajón de la mesilla, junto al resto del diario y los informes del detective. Sudaba de un modo anormal y tiritaba de desamparo o de terror. Se encogió cuanto pudo en la cama, cubriéndose con la colcha, y repitió mamá, mamá, como si fuera pequeña y acabara de padecer una pesadilla. Cuando cesó el temblor, recordó de nuevo la historia de la playa y la moneda asociándola con el encuentro casual del diario en las profundidades del dormitorio de su madre; aunque el diario era un tesoro al revés, el negativo de un tesoro, pero dependería de ella invertir esa imagen, convirtiendo los claros en oscuros y los oscuros en claros, como en ese proceso fotográfico que nos devuelve al fin la verdadera imagen de una realidad pasada, muerta, pero con capacidad de actuación sobre nuestras vidas, sobre mi vida, concluyó.

Después fantaseó con la posibilidad de caminar hasta el baño y reproducir frente al espejo los movimientos de su madre para ver si era capaz de hacerse cargo de aquel terror que el destino le había dejado como herencia, como una dura herencia que debería administrar y transmitir para no olvidar nunca sus orígenes, para recordar de vez en cuando, como ejercicio de humildad, que su cuarto de baño —tan luminoso y amueblado como el de un hotel de lujo— se había levantado sobre los restos de otro cuarto de baño, desconchado y roto como el de una pensión, en el que los aparatos sanitarios no tenían otro fin que el de su uso.

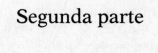

Segunda parte

Comienzo estas páginas que ignoro cómo llamaré o adónde me conducirán a los cuarenta y tres años, es decir, un poco más allá del punto medio de lo que se podría considerar una vida muy larga.

Diversos acontecimientos personales de complicada pormenorización me han situado en los últimos tiempos frente a la posibilidad de controlar activamente mi existencia. Me encuentro en el principio de algo que no sé definir, pero que se resume en la impresión de haber tomado las riendas de mi vida. Es cierto que aún ignoro cómo se gobiernan y que tampoco sé en qué dirección las utilizaré cuando aprenda a manejarlas; también es cierto que todo ello me produce algún vértigo cuyos efectos tienden a concentrarse en mi organismo, en el que han comenzado a aparecer diversos síntomas que habían cesado cuando cesó, de súbito, mi adicción al hachís. Pero todo ello constituye un precio muy bajo si lo comparo con los beneficios obtenidos, todavía intangibles, como intangibles son los beneficios de una aventura a punto de iniciarse.

Escribo estas primeras líneas de mi vida sentada en una cómoda butaca de piel en la que discurrió gran parte de la existencia de mi madre. A mi espalda, en la pared, un reloj de péndulo, que también perteneció a ella, mide el tiempo, pero no el tiempo que determina la existencia de los hombres, sino el que regula la duración de mi aventura interna, de mi metamorfosis. He comprado un conjunto de pequeños cuadernos, cosidos con grapas, que se parecen mucho a los que utilizó mi madre para llevar a cabo un raro e incompleto diario que, tras su muerte, fue a parar a mis manos.

Mi vida discurre apaciblemente entre la lectura de su diario y la redacción del mío. A ello he de añadir el extraño placer que me proporcionan unos informes que yo misma he encargado realizar a un detective privado. Contraté a este sujeto, que ignora para quién trabaja, al objeto de que siguiera a Enrique, mi marido, pero muy pronto me aburrieron sus escarceos sexuales y sus trapicheos económicos, de manera que el otro día telefoneé a la agencia —sólo hablamos por teléfono— y le dije que se olvidara de Enrique Acosta y centrara sus energías en Elena Rincón, su mujer, que soy yo.

Salgo muy poco, pero me gusta que alguien me diga lo que hago cuando estoy en la calle. Así, no siempre, pero algunos de los días que abandono la casa para pasear o ir de compras, telefoneo a la agencia y digo que me sigan. Al día siguiente voy a un apartado de correos, que he contratado cerca de aquí, y recojo el informe que demuestra que hice lo que hice y no otra cosa. Como al detective le he encargado ser muy subjetivo, dice cosas de mí que yo ignoraba y eso, además de divertirme mucho, me reconstruye un poco, me articula, me devuelve una imagen unitaria y sólida de mí misma, pues ahora veo que gran parte de mi desazón anterior provenía del hecho de percibirme como un ser fragmentado cuyos intereses estuvieran dispersos o colocados en lugares que no me concernían. Tal vez por eso, entre otras cosas, no logré nunca alcanzar una adecuada comunicación con mi hija, que continúa percibiéndome como una madre fría, incapaz de llegar al núcleo de sus conflictos e incompetente para amarla. No me importa; también yo percibí a mi madre como un ser lejano y ahora resulta que es que era su antípoda. El tiempo que marca este reloj de péndulo, cuyo tictac me mece mientras redacto estas líneas, devolverá a cada uno las cosas que entregó colocando las piezas del puzzle de la vida en el lugar del que salieron cuando su imagen se quebró en pedazos.

Ayer fui a El Corte Inglés y telefoneé a la agencia para que me siguieran. Esta mañana he recogido el informe, que dice así:

Elena Rincón abandonó el portal de su casa a las 17,20 horas del día señalado para el seguimiento del que a continuación informo: vestía ropa de entretiempo, pero no llevaba medias, detalle en el que me fijé, pues suelo mirar sus piernas ya que durante mucho tiempo las ha llevado sin depilar, llegando a alcanzar su vello una longitud considerable, sobre todo en la pierna izquierda y por razones que ignoro. Confieso que llegué a pensar que podría tener alguna ascendencia turca, pues he oído que las mujeres de este país gustan de conservar el vello del que la naturaleza las dota, aunque les salga en aquellas partes del cuerpo que en el mundo occidental posee el carácter de un atributo masculino.

Pues bien, decía que me fijé en sus piernas y al tiempo de comprobar que no llevaba medias observé también que se las había depilado. Paseó, como sin rumbo fijo, hasta Joaquín Costa y desde allí bajó en dirección a la Castellana sin que en todo este tiempo realizara alguna cosa de interés, aunque es cierto que podía detectarse en su actitud general un punto de extrañeza, una actitud equívoca, como si presumiera la posibilidad de un encuentro no deseado que la sometía a ligeras vacilaciones en el modo de andar o en la elección de las calles que debían conducirla a su objetivo final: El Corte Inglés situado en el Complejo Azca. Naturalmente, esta apreciación es subjetiva, pero de eso se trata.

En El Corte Inglés pude observarla con más detenimiento, pues estos centros concebidos para grandes aglomeraciones facilitan mucho la tarea de un perseguidor por la posibilidad de diluirse entre la gente y de acercarse a la persona investigada sin despertar recelos. Además, la tal Elena se había quitado las gafas de sol al penetrar en los grandes almacenes, con lo que puso al descubierto los ojos que, como es sabido, revelan a quien sabe mirarlos intenciones, temores y deseos que por lo general pasan inadvertidos a la mayoría de la gente. He de confesar que hace años realicé un estudio basado en el modo de mirar de cinco criminales famosos y descubrí no pocos denominadores comunes entre aquellas turbias miradas que habían tenido la rara oportunidad de presenciar un crimen, el realizado por los portadores de esos ojos. Hablo, pues, del tema con conocimiento de causa.

Vi en la mirada de Elena Rincón la turbiedad característica de quien está a punto de realizar un acto contrario a su conciencia o a la conciencia de quienes le rodean. Es cierto que sus ojeras, por alguna razón, quizá de naturaleza cosmética, se han atenuado de manera notable, pero sus ojos poseen una movilidad de la que antes carecían. Pensé que quizá padeciera de esa inclinación patológica hacia el hurto de los objetos expuestos al público en establecimientos de esta clase, pues es cierto que la cleptomanía (así como la afición desmesurada a determinados juegos de azar como el bingo) constituye una enfermedad muy extendida en las mujeres de su posición. Pero aunque me acerqué a ella más de lo conveniente, no le vi introducir ningún objeto en el bolso.

Acudió después a la sección de lencería y la perdí de vista en las tres ocasiones en que, con prendas diferentes, hizo uso de los probadores. Por otra parte, tuve que mantenerme alejado ya que no es frecuente la presencia de hombres en estas zonas de las grandes superficies. Si Elena Rincón sospechara (cuestión que ignoro), que está sometida a vigilancia, bastaría que reparara en mi presencia en dos lugares diferentes para identificarme como un investigador. Debo, pues, permanecer fuera de su campo visual cuanto me sea posible.

Sin embargo, no es probable que hurtara ninguna de estas prendas íntimas, pues además de estar magnetizadas (lo que pone en marcha una alarma al pasar con ellas junto a determinados controles) suelen estar controladas por las señoritas dependientas, estratégicamente situadas a la entrada de los probadores.

Elena Rincón salió finalmente del establecimiento comercial sin haber adquirido ningún producto, lo que junto a su actividad general, ya señalada, la envuelve definitivamente en sospechas que, es cierto, carecen de dirección por el momento. He llegado a pensar si su visita a los grandes almacenes podría relacionarse con el establecimiento de algún contacto clandestino relacionado con la parte subterránea de los negocios de su marido, contacto que, por las razones que fueran, no se pudiera realizar la tarde del seguimiento. Tampoco hay que descartar la posibilidad de que el objetivo final de sus movimientos se relacionara con la recepción o entrega de drogas o de dinero proveniente de la venta de drogas. No es raro que negocios del tipo de los que maneja Enrique Acosta se utilicen para blanquear dinero obtenido en esta clase de economías sumergidas.

La averiguación de estos extremos, si mi cliente lo considera necesario, exigiría efectuar seguimientos menos esporádicos de los realizados hasta el momento y quizá algún tipo de investigación complementaria que, por su complejidad, exigiría el cobro de tarifas más altas que las establecidas para una mera vigilancia.

El seguimiento se dio por concluido a las 20,15, hora en que la tal Elena regresó andando de nuevo a su domicilio sin que en este trayecto de vuelta se produjera nada reseñable, a excepción de esta actitud de búsqueda, ya señalada, que se podría interpretar también como la sospecha de que está siendo sometida a vigilancia. Ello hizo extremar mis precauciones y convirtió esa tarea, aparentemente rutinaria y sencilla, en un trabajo lleno de pequeñas pero numerosas dificultades.

Pese a la firmeza de mis propósitos, llevo varios días sin acudir a este diario y eso me proporciona la rara sensación de no existir. ¿Le pasaría lo mismo a mi madre? La idea del diario, desde que lo comencé, me ha invadido como una obsesión. Yo sé que un diario de este tipo es una suerte de mapa esquemático en el que se relatan los aspectos más sobresalientes de la propia vida. Sin embargo, en mi imaginación, el diario es la vida misma. Alguna vez leí algo acerca de quienes confunden el territorio con la representación del territorio (el mapa); tal vez eso es lo que me sucede, tal vez por eso tengo la impresión de no haber existido los días pasados.

Pero no ha sido así. He vivido un infierno del que quiero salir, pero al que se aferra una parte de mí que no domino. Tras el optimismo de las primeras líneas de este diario, donde expresaba la rara y agradable sensación de haber tomado las riendas de mi vida, alcancé un precario equilibrio que se quebró en pedazos hace seis o siete días. Enrique había salido a cenar y yo me quedé levantada para ver una película que daban por la televisión. En el descanso, y como la película me estaba gustando mucho, cometí el error de liar un canuto para disfrutar más de ella. Al principio todo fue bien; la película adquirió relieves especiales y yo disfruté de esa sensación de plenitud intelectual que produce el hachís cuando se lleva algún tiempo retirado de él. Sin embargo, al cabo de un rato, quizá por la postura, comencé a sentir una gran opresión en el pecho. Lo atribuí a una excesiva acumulación de gases en la zona del diafragma, pero cambié de postura sin que por ello se aliviara la presión, que inmediatamente se vio reforzada por la angustia de quedarme sin aire. Salí a la terraza y respiré con la boca abierta, pero el aire tenía un espesor húmedo y dulzón que dificultaba su paso a través de los bronquios. Respiraba como si mis pulmones se hubieran diluido y mis segundos estuvieran contados.

Sin reparar en que me acababa de fumar un canuto, recurrí a un ansiolítico para tranquilizarme y al poco presentí que la tensión se iba a resolver con un desmayo. Afortunadamente, me dio tiempo a alcanzar el dormitorio, donde caí sobre la cama unos momentos antes de perder el sentido. Desperté a las dos horas empapada en sudor y con un acceso doloroso en los intestinos. Enrique no había vuelto y por la televisión, que se había quedado encendida, daban una película en versión original. Fui al baño, pero no conseguí vaciar el vientre. Recordé entonces que mi madre, en su diario, se refería a esta situación de tener que expulsar sin poder hacerlo llamándola cólico cerrado y deduje que era lo que me pasaba a mí. Bastó que nombrara el dolor para que se atenuara un poco y de este modo conseguí llegar al salón para apagar el televisor y cerrar la puerta de la terraza. Luego me desnudé y me metí en la cama con una sensación de desamparo insoportable. Pensé en Mercedes, mi hija, y en Enrique, mi marido, como si fueran dos fragmentos de mi existencia definitivamente separados de ella. Mi vida, pues, parecía mutilada e inútil. Creo que durante los últimos veinte años he estado defendiéndome de los afectos sin pensar que cada una de estas defensas significaba una mutilación. La tristeza me golpeó en alguna parte, pero no conseguí llorar. Entonces encendí la luz, cogí uno de los cuadernos de mi madre y encontré un pasaje que me emocionó especialmente; parecía escrito para mí y para aquella noche, porque decía así:

Mucho se ha escrito sobre el cuerpo humano sin que por eso sepamos todo acerca de su origen o de sus mecanismos. Hay quienes dudan entre definirlo como un continente o como una isla, y ello se debe a que posee las complicaciones de los continentes y la soledad de las islas. El cuerpo es tan antiguo que podríamos compararlo con un continente maltrecho que ha logrado sobrevivir a glaciaciones, terremotos y estallidos internos que lo han inutilizado para todo, excepto para las funciones mecánicas, que repite sin entusiasmo. Miro mi propio cuerpo, desnudo sobre la cama, y qué veo: una superficie hostil que se deteriora en la dirección del vientre, allá abajo, entre las piernas, observo un matojo de hierba bajo el que se oculta un agujero, una caverna que a veces conduce al placer, a veces al dolor y siempre a la desesperación. Cerca de la mirada, está una de las zonas desérticas del continente, que llamamos pecho. El mío está habitado por un bulto secreto que succiona uno de los pezones hacia el interior de sí mismo. No se lo he dicho a nadie todavía. Y si excaváramos, si nos abriéramos paso hacia el interior de este cuerpo, descubriríamos unos órganos tam-

118

bién antiguos y excesivamente especializados, tanto que bastaría que uno de ellos fallara para que perecieran todos. ¿De quién es este continente? ¿Quién lo habita? Lo habitan el dolor y los fantasmas y el miedo, pero también las vísceras que lo hacen tan complicado y solitario.

Tras leer este párrafo, guardé el cuaderno en el cajón de la mesilla y encendí un cigarro que me supo bien. Eso era el cuerpo que, al igual que mi rostro, se parecía tanto al de mi madre. Los espasmos intestinales cedieron y fui relajándome hasta quedar dormida. No oí a Enrique cuando volvió.

Al día siguiente, el cólico cerrado pareció abrirse y me vacié sin esfuerzo. Mis intestinos llevan algunos meses comportándose de este modo: o retienen o explotan. Pero incluso cuando explotan parecen dejar algo dentro. He llegado a pensar que quizá tenga un bulto o una llaga —una rareza intestinal, en fin— que proporciona a mi cuerpo esta sensación incómoda de tener un elemento extraño en su interior.

En cuanto a Enrique, mi marido, creo que empieza a mirarme de otro modo, como si hubiera advertido la transformación íntima que padezco y cuya dirección ignoro. No creo que esté preocupado, pues lleva una vida personal tan intensa que quizá no le permita prestar atención a estos sucesos de orden doméstico. No quiero decir con ello que no sienta nada por mí, pero pienso que sus afectos están colocados en otros lugares (su trabajo, sus amantes, nuestra hija) y que no queda mucho espacio para mí en esa trama. Tampoco yo, es cierto, me he ocupado mucho de él en los últimos años y eso ha acabado configurando un tipo de relación rara, una relación que no es molesta, pero que resulta inútil como apoyo en los momentos decisivos de la vida. Aunque nunca hemos hablado de ello, creo que espera con ilusión que Mercedes, nuestra hija, se quede embarazada.

Desde que ha comenzado el buen tiempo suelo levantarme temprano y a veces desayunamos juntos. Lo normal es que no hablemos o que hablemos de cuestiones prácticas, pero a veces él intenta sacar temas de conversación distintos para ver si averigua mi secreto. El otro día me propuso hacer un viaje, pero no le respondí en ninguna dirección. Siempre que se acerca el verano se pone un poco nervioso, pues se siente en la obligación de planificar cosas que no le interesan. Yo creo que le apetecería veranear con Mercedes y su marido y que por eso mi presencia constituye un problema en estas épocas.

—Faltan más de dos meses para el verano— le dije.

—Es que me temo que este año no podré coger ni una semana de vacaciones —respondió—. Por eso te proponía hacer ahora un viaje.

—No te preocupes —respondí—. Tampoco yo tengo muchas ganas de salir este año.

—De todos modos, el viaje este al que me refería tengo que hacerlo por razones de trabajo. Si te vienes conmigo, podemos descansar los dos un poco.

—No sé —dije—, adónde es.

—A Bruselas, tengo que resolver un par de asuntos, pero me quedará tiempo para hacer excursiones. Podemos ir a Brujas y Amberes y a Holanda. El tiempo ahora será bueno, aunque húmedo.

—No sé, déjame pensarlo.

Le pregunté después que qué era lo que tenía que hacer allí, pero no conseguí entenderle. Se trataba de recoger o de entregar unas comisiones; la cosa, en general, parecía algo turbia, de manera que no pude controlar un impulso agresivo. Dije:

—Por lo poco que leo en los periódicos y por lo que te oigo decir a ti, parece que la corrupción forma ya parte del sistema.

No se inmutó. Mojó la tostada en el café, le dio un bocado, masticó lentamente y después dijo:

—Lo que tú llamas corrupción forma parte de todos los sistemas, de todos. Es más, si la corrupción no existiera, los sistemas no funcionarían. Lo importante es saber en qué parte del sistema está y tenerla controlada para que no crezca más de lo que cada organización puede soportar. Pero, en líneas generales y a partir de determinados niveles de responsabilidad, la corrupción no sólo no es mala sino que es deseable. Pensar lo contrario es, en el mejor de los casos, una ingenuidad.

Su afirmación no me escandalizó porque pensé en mi propio cuerpo, que al fin y al cabo es un sistema, y tuve que admitir que gracias a la corrupción de los alimentos, localizada en el aparato digestivo, nos podemos mover y crecer, aunque también morir. Luego pensé en la enfermedad, sobre todo en la enfermedad de mi madre, que mantuvo en secreto durante muchos años llegando a sobrevivir a mi padre, que parecía tan sano. Aquella corrupción, localizada en su pecho, la libró quizá de otra enfermedad más fulminante. Leí en algún sitio que un cuerpo convenientemente enfermo, igual que una sociedad convenientemente corrupta (de acuerdo con Enrique), previenen al organismo de invasiones parasitarias de mayor entidad. No sé.

Hace unos días cogí un taxi y el taxista me dijo que había perdido la memoria, no la memoria de las calles ni la de su familia, sino la de sí mismo.

—Sé —me dijo— que he sido niño, como todos, y adolescente y joven, pero ya no me acuerdo de cómo era ni de lo que pensaba entonces de la vida.

—¿Y qué piensa ahora? —le pregunté.

—De lo de ahora no es que no me acuerde, es que no tengo opinión. Estoy pasando una mala racha y ustedes, los clientes, me ayudan mucho, porque hablar me libera de las cosas que me pasan por la cabeza. Llevo quince días mejor, pero antes paraba el coche en cualquier sitio y me ponía a llorar de desesperación. Siempre iba con la corbata torcida y respiraba mal, como si me faltara un pulmón. En el seguro me han dado unas pastillas que me duermen, pero por lo menos respiro de otro modo.

El otro día, por fin, fui al cementerio y llamé al detective para que me siguiera. Podría contar lo que hice, pero creo que lo cuenta él mejor en su informe, así que lo transcribo.

Elena Rincón abandonó su casa a las 11.30 del pasado día 18, martes. El tiempo era casi como de verano, por lo que llevaba un vestido algo ligero, de tonos ocres y abierto en pico en el escote. Entró en una cafetería cercana a su casa y tomó café en la barra mientras fumaba un cigarrillo. Su aspecto general ha mejorado: tiene menos ojeras (aunque en la calle sigue utilizando gafas de sol) y va más arreglada que antes. Quiero decir que se pinta un poco los labios y lleva la melena más cuidada. A su edad las melenas no suelen sentar bien, sin embargo en ella parece evocar un misterio. Es curioso, pero hasta ahora veía a esta mujer como un simple objeto de seguimiento profesional y, de repente, ha empezado a cobrar una individualidad con la que no contaba.

El caso es que después tomó un taxi (tiene coche propio, pero casi nunca lo usa) y fue directamente al cementerio. Caminó sin prisas por las avenidas de tumbas soleadas y se detuvo finalmente frente a dos nichos en donde, según pude averiguar después, reposan los restos de sus padres. Permaneció allí durante diez o quince minutos y después, se dio la vuelta y regresó andando hacia la salida. Tuve algunas dificultades para esconderme, pues se trata de una zona un poco despoblada donde no suelen producirse aglomeraciones.

Tomó otro taxi que la dejó en las cercanías de su casa y paseó por las calles mirando escaparates. En un informe anterior expresé la posibilidad de que Elena Rincón actuara como enlace de su marido en alguno de los dudosos negocios de éste; sin embargo, empiezo a pensar que se trata simplemente de una mujer sola y aburrida que sale a la calle para escapar del agobio doméstico. No hubo nada en su comportamiento que indicara otra posibilidad, aunque también es cierto que se trató de un comportamiento raro, pues ni compró nada, ni vio a nadie ni se dirigió a ningún sitio concreto, si exceptuamos la breve visita al cementerio. Antes de subir a su casa, tomó un aperitivo en un bar y eso fue todo.

El informe es muy breve porque, efectivamente, no hice nada digno de mención. Estuve paseando mucho tiempo para él, para justificar las cantidades que le ingreso y también porque es agradable moverse por las calles sabiendo que alguien está condenado a seguirte. Pienso que si en alguna de estas salidas me desmayo, mi detective vendrá a recogerme y se hará cargo de mí hasta que pase todo. He intentado verle para ver si se ajusta a mi fantasía, pero se esconde muy bien. En el cementerio volví dos o tres veces la cabeza, y no vi a nadie en actitud de vigilarme.

Por otra parte, y como en este informe parecía haber modificado un poco su opinión sobre mí, le llamé por teléfono.

—Su último informe es muy breve —me quejé.

—Soy consciente de ello —respondió—, pero el asunto no daba para más. Hizo exactamente lo que dije que hizo.

—Nos ha dado la impresión de que a usted ha empezado a atraerle esta mujer; habla de ella de otro modo.

Hubo un instante de silencio, pero reaccionó enseguida.

—Es posible —dijo—. Es fácil solidarizarse con una mujer así, sobre todo si pensamos en la clase de marido que tiene. La verdad es que no creo que tenga nada que ver con los negocios de Enrique Acosta. Pienso más bien que vive marginada de todo pues no ve ni a su hija.

—No se fíe —dije—, estas personas dan muchas sorpresas.

—¿He de hacer otro seguimiento? —preguntó con un tono en el que no era difícil advertir una súplica.

—De momento, no. Ya me pondré en contacto con usted.

Este detective parece tener un grado de sensibilidad que nunca hubiera imaginado en una profesión como la suya. He reflexionado sobre la soledad que me atribuye y ello me ha hecho pensar que, efectivamente, a simple vista, mi vida carece de puntos de referencia. Mi marido y el resto de la gente que conozco dependen de una serie de cosas —con las que guardan una relación de semejanza— que certifican permanentemente quiénes son. ¿Qué tengo yo que certifique lo que he sido, lo que ahora soy, si soy algo? Tengo este diario, y el hachís que procuro no fumar; quizá también el reloj y la butaca. ¿Qué más? Tengo a mi madre que, después de morirse, ha habitado una zona de mi cuerpo situada en algún punto del aparato digestivo. Podría hablar también, aunque me dé un poco de risa, de mi antípoda, que tal vez se llame Elena y sea hija de la antípoda de mi madre.

Tampoco ella tuvo muchos puntos de referencia: el alcohol, el diario y su bulto. ¿Qué haría con su bulto en las noches de insomnio? ¿De qué manera se relacionaría con él? Abro ahora uno de sus diarios y leo, como siempre, al azar:

De entre todas las frutas amargas de la vida, la muerte no es, ni con mucho, la peor. Lo malo es vivir lejos de una misma, que es como vivo yo desde hace años, desde que me trasladé a esta ciudad que no existe y que, sin embargo, se llama Madrid. Madrid no existe, pues; es un sueño provocado por una enfermedad, por unas medicinas que tomamos para combatir alguna enfermedad. Todos los que estamos en Madrid no existimos. Ello no nos impide andar ni comprar frutas ni abrir una cartilla de ahorro. Ayer bajé a López de Hoyos y di una vuelta por la calle Marcenado, que tiene levantada la piel del pavimento, como si padeciera alguna clase de alergia. Yo tengo dos alergias que no son muy molestas; aun así, he pactado con ellas y ahora nos encontramos bien. Pero no se me quita el mal sabor de boca y ya he perdido el apetito o el gusto por comer porque la comida me sabe mal. Con estas cosas de mi cuerpo estoy empezando a descuidar un poco la casa y eso me preocupa. Llevo quince días sin limpiar los azulejos del baño y a veces pienso que la evolución de mi bulto depende del estado de la casa. Si la casa está sucia, el bulto crece. Pero cuando la limpio, parece disminuir de tamaño. Leí en una *Enciclopedia de las buenas costumbres* que algunas mujeres empezaban abandonando los cuidados del hogar y acababan en la calle, buscando hombres que no conocían para meterse con ellos en hoteles clandestinos y sucios. Por eso he querido transmitir a mis hijas, sobre todo a Elena, el gusto por la casa, pero creo que no me ha salido bien.

De Elena recuerdo que, cuando era pequeña, me contó un sueño. Había soñado que estábamos en la playa y que ella hacía en la arena un hoyo dentro del cual encontraba una moneda. No ignoraba que se hallaba en el interior de un sueño, pero la moneda tenía tanta consistencia, era tan real, que pensó que si la apretaba muy fuerte en la mano derecha la encontraría allí al despertarse. No la encontró, claro. Entonces, esa misma mañana, cuando bajamos a la playa, escondí una moneda en la arena y le dije a mi hija ¿por qué no cavas ahí, a ver si encuentras la moneda del sueño? Cavó, la encontró y se quedó asustada. Qué vida. Ahora voy a limpiar los azulejos del baño porque luego me dará pereza.

Después de leer este episodio, me he levantado de la butaca de mi madre y he ido a la terraza. Como vivo en un piso alto, he visto la ciudad como quien contempla un cuerpo tendido. Esta ciudad es un cuerpo visible, pero la visibilidad no es necesariamente un atributo de lo real. Quizá no exista ni existamos nosotros, del mismo modo que no existió aquel tesoro que encontré en la playa. Todavía no sé si la revelación debe ponerme triste o excitarme, porque si bien es cierto que aquel hallazgo constituyó una mentira, no es menos cierto que alguien en quien su propia madre realizó un sueño de ese tamaño está obligada a buscar un destino diferente.

Todos los días, cuando arreglo el dormitorio, veo en la casa de enfrente a una mujer que se asoma a la ventana para limpiar con furia el alféizar. Resulta incomprensible, pero ejecuta esta acción absurda todos los días a la misma hora, como si en ello le fuera la vida. Y seguramente le va, porque quizá piense que si se abandona a la pereza acabará en la calle buscando hombres que no conoce. También yo he padecido obsesiones de ese tipo, pero me he desprendido de ellas, a pesar del empeño de mi madre. Y al desprenderme de ellas quizá me he quedado sin identidad porque en todos estos ritos limpiadores residía la posibilidad de ser una misma. Pero mi madre no sólo me transmitió eso, porque al mismo tiempo realizó un sueño de mi niñez y me proveyó de una antípoda que en el otro extremo del mundo se debate, como yo, entre acoplarse a lo que llaman realidad o levantar una realidad propia en la que retirarse a vivir. En otras palabras, mi madre me mostró el estrecho pasillo y las mezquinas habitaciones por las que debería discurrir mi existencia, pero al mismo tiempo me dio un mundo para soportar ese encierro o para hacerlo estallar en mil pedazos. Me dio todo lo bueno y todo lo malo al mismo tiempo y confusamente mezclado, pero me dejó su butaca y su reloj: la butaca para que me sentara a deshacer la mezcla; y el reloj para medir el ritmo de la transformación.

Son las doce. He tomado un café que me ha sentado mal y ahora tengo náuseas. Voy a recoger un poco la cocina.

Llevo varios días sin fumar hachís y la realidad empieza a mostrar unos tonos muy raros. Los muebles de mi casa, que habitualmente carecen de relieve, han cobrado un grado de corporeidad algo inquietante. Quiero decir que me relaciono con ellos y con el resto del hogar como si fuera una persona ajena a estos espacios. Antes, para alcanzar esta extrañeza, necesitaba el hachís, pero desde que he prescindido de él algo ha ido modificándose gradualmente en mi interior. Contemplo el salón y sólo reconozco como míos dos objetos: la butaca y el reloj. Es como si el azar nos hubiera colocado aquí provisionalmente, como si esta casa fuera un punto de espera en el que hemos de permanecer mientras nos disponemos a ocupar nuestro lugar definitivo. Algunos días me encuentro hurgando en los armarios y en el interior de los muebles con

133

la curiosidad de una intrusa. Por otra parte, y también desde que he dejado de fumar otra vez, mis sueños se han multiplicado. Sueño mucho y con una rara intensidad, pero me sienta bien. Parece que los sueños que soy capaz de recordar, incluso cuando tienen un componente doloroso, ordenan un espacio invisible en el que habita una parte de mí.

Esta extrañeza alcanza también a Enrique, mi marido, al que contemplo como un anfitrión amable, aunque lejano. De manera que es como vivir en una casa que no es mía y con un sujeto que no es mi marido. Decir esto —pero, sobre todo, escribirlo— me proporciona algún grado de angustia, porque es aceptar que yo no pertenezco a nadie, a nada y que nada me pertenece, excepto el reloj y la butaca. Ello me reduce a la condición de un fantasma, quizá el fantasma de mi madre que se resiste a abandonar del todo este mundo aferrándose a través de mí a los objetos materiales con los que más se relacionó en vida. Esto debe de ser la soledad, de la que tanto hemos hablado y leído sin llegar a intuir siquiera cuáles eran sus dimensiones morales. Bueno, pues la soledad era esto: encontrarte de súbito en el mundo como si acabaras de llegar de otro planeta del que no sabes por qué has sido expulsada. Te han dejado traerte dos objetos (en mi caso, la butaca y el reloj) que tienes que llevar a cuestas, como una maldición, hasta que encuentres un lugar en el que recomponer tu vida a partir de esos objetos y de la confusa memoria del mundo del que procedes. La soledad es una amputación no visible, pero tan eficaz como si te arrancaran la vista y el oído y así, aislada de todas las sensaciones exteriores, de todos los puntos de referencia, y sólo con el tacto y la memoria, tuvieras que reconstruir el mundo, el mundo que has de habitar y que te habita. ¿Qué había en esto de literario, qué había de divertido? ¿Por qué nos gustaba tanto?

En este punto me he puesto un poco de whisky al objeto de enturbiar los sentidos, pues al releer las últimas líneas sobre la soledad he sentido miedo, y quizá algo de piedad por mí misma. Imaginemos a alguien que no puede verse del miedo que se da y que huye de sí continuamente como el que corre con la idea de desprenderse de su sombra.

Hace dos o tres días vi a mi hermano. Le llamé para comprobar que de verdad existía y que era capaz de reconocerme, otorgándome así un lugar en la trama de lazos e intereses que cohesionan a la humanidad.

Existía y me reconoció. Quedé en merendar con él y nos citamos a media tarde, en la terraza de una cafetería que hay cerca de casa: avisé al detective para que me siguiera.

Yo me tomé un café y Juan pidió un té con limón. Me observaba algo preocupado, como si me pasara algo, o quizá con miedo, como si tuviera alguna responsabilidad sobre mi vida.

—¿No estás bien, verdad? —me preguntó en seguida.

—No es eso —dije intentando resultar sincera, pero tranquilizadora—; no es que no esté bien, es que estoy rara. Si me viera desde fuera, tomando únicamente en cuenta los datos externos, tendría que decir que las cosas marchan razonablemente, pero es que ya no me siento ligada a ellas. Enrique y yo estamos distantes desde hace mucho tiempo y, en cuanto a mi hija, qué te voy a decir. Creo que he sido una madre fría y que me está pasando la factura. En otro tiempo tuve intereses profesionales y políticos, pero me fui retirando de ellos insensiblemente. En fin, todos tenemos un mundo con el que nos relacionamos; el mío parece haberse derrumbado sin estrépito, de manera que, cuando me he dado cuenta, ya no se podía apuntalar nada.

Creo que puse a Juan en una situación violenta, pues adoptó una postura excesivamente pasiva, como si quisiera subrayar que mi historia no le concernía y que sólo estaba dispuesto a hablar de ella con la misma pasión que pondría en una charla sobre el tiempo. Sin embargo, no logró mantener esa neutralidad durante todo el rato.

—Yo —dijo— nunca te he entendido bien, Elena. A tu marido tampoco. Y, sin embargo, recuerdo que en un tiempo os tuve muy idealizados. Representabais lo más que se podía ser en esta vida. Estoy hablando de hace muchos años, cuando en casa se os criticaba por meteros en cosas políticas. Bueno, será mejor que no hable de esto. Pero, mira, yo no te entiendo, de verdad. Has tenido siempre lo que has querido: de joven, la revolución; ahora el dinero. ¿De qué te quejas?

Me sorprendió la agresividad de mi hermano. Una nunca sabe lo que representa para los demás ni de qué manera gratuita se puede perder o ganar un afecto. En cualquier caso, parecía confirmar mi sensación de lejanía respecto al mundo. Mi soledad. Tardé un poco en responderle. Dije:

—Esto no es una queja, Juan. Es cierto que las cosas han dejado de interesarme, pero yo no he puesto ninguna voluntad en ello. Me siento sola y creí que podría decírtelo. No te asustes; no te pido nada.

—Es que yo no sé lo que es sentirse solo ni que las cosas dejen de interesarte porque ni he alcanzado tu situación económica ni he tenido la cantidad de tiempo libre que tienes tú. Yo creo que te miras demasiado a ti misma. Si prestaras más atención a lo que sucede a tu alrededor, no tendrías tiempo de sentir todas esas cosas. Decías antes que habías sido una madre fría. ¿Por qué no enmiendas eso? Apenas ves a Mercedes y ahora seguramente te necesita más que cuando era pequeña.

—¿Por qué?

Juan me miró con cara de fastidio, como si tuviera que explicarme cosas evidentes. Dijo:

—A este paso serás la última en enterarte. Tu hija está embarazada.

Tardé unos segundos en comprender el significado de esa frase, pero cuando lo hice rompí a llorar sin violencia, como si se tratara de una actividad mecánica en la que sólo estuvieran implicados los ojos. Ignoro el significado de aquella emoción, pero puedo decir que fue una de las más intensas de mi vida. Afortunadamente, tenía puestas las gafas de sol y creo que logré ocultar las lágrimas. Es curioso, me acordé de que mi detective estaría observándome desde algún rincón y pensé que no me gustaba que me viera llorar.

—Gracias por decírmelo, Juan —articulé al fin.

Estuvimos un rato hablando de cuestiones neutras y Juan se puso más amable conmigo. No llegó a disculparse, pero en su modo de hablar había un tono de disculpa. En un momento dado le pregunté:

—¿Tú crees que me parezco a mamá?

—Físicamente, sí, desde luego, sois idénticas, sobre todo cuando llevas el pelo recogido como hoy. Pero, de carácter, yo creo que no tenéis nada que ver, mamá era muy conservadora. Discutíais mucho por eso.

—Yo creo que mamá tendía tanto a conservar sus cosas, sus ritos, sus costumbres, porque estaba muy sola y necesitaba esos puntos de referencia estables para no enloquecer.

—Mira, Elena, yo soy de clase media y no tengo acceso a reflexiones tan profundas. Mamá tenía el carácter que tenía como tú tienes el tuyo y yo el mío. Llevó la vida de una mujer de su época y como ella hay dos millones más.

Juan se había vuelto a poner agresivo, de manera que desvié la conversación hacia asuntos insustanciales y al poco nos despedimos. Me dio un beso muy cariñoso al tiempo que me apretaba el hombro en un gesto que parecía una invitación a la firmeza.

Había pensado volver a casa, pero la idea del embarazo de mi hija no me abandonaba y temí que al encontrarme sola, entre las cuatro paredes del salón, me diera un ataque de llanto incontenible. Además, volví a acordarme de que mi detective me seguía y decidí darle una satisfacción. Cerca de mi casa hay un salón de bingo. Me dirigí allí con idea de pasar un rato y confirmar sus sospechas. Pero intentaba, sobre todo, pensar en cualquier cosa menos en mi familia, porque había empezado a sentir un odio excesivo hacia Enrique por no haberme dicho nada del embarazo de Mercedes.

Sin embargo, cuando me asomé a la sala de bingo y comprobé la cantidad de soledad acumulada en cada uno de los jugadores y jugadoras, salí corriendo de allí porque me pareció un espejo en el que resultaba insoportable mirarse. Llegué a casa en un estado de excitación indeseable y con un malestar difuso en el vientre. La sensación de que tenía en el intestino algo que se resistía a salir, a ser expulsado, se acentuó. Fui al váter sin ningún resultado.

Me senté en la butaca de mi madre y pensé en mi hija, en mi hija embarazada. La niña que había estado en mi vientre, en mis brazos, se disponía a prolongar la cadena, aunque yo no sabía hacia dónde, hacia qué. Esto es la vida, pensé, esto era la vida. No es más que esto, nacer, reproducirse y morir; a veces, también, crecer. Y entre una cosa y otra, un espacio vacío, un tiempo muerto, algún horror que ni siquiera recordamos.

El sentimiento de irritación hacia Enrique y hacia Mercedes por no haberme comunicado la noticia se rebajó hasta desaparecer del todo desde esa perspectiva. En realidad me parecía una miseria que afectaba más a la imagen de quienes la habían realizado que a la mía. Así que cuando llegó Enrique no le dije nada e incluso estuve amable con él. El asunto había dejado de afectarme como si realmente yo fuera otra, aunque por alguna razón mantuviera la apariencia de ser la madre de mi hija.

Esta mañana he recogido el informe del detective. Tiene gracia cómo me corrige algunas cosas; por ejemplo, es cierto que pedí whisky y no café. En fin, dice así:

Elena Rincón tiene un mal que la consume. Me baso para decir esto en el hecho de que nunca presenta el mismo aspecto físico. Unos días está bien y otros mal, como si padeciera de una enfermedad estable que se tomara algunas jornadas de descanso. Hoy tenía mala cara, aunque no quiero decir con eso que no estuviera atractiva; al contrario, esa alteración de sus facciones proporciona a su rostro un halo de misterio. Llevaba el pelo recogido y parecía más joven.

Salió de casa a las diecinueve horas y fue paseando hasta llegar a una cafetería que tiene instalada una terraza en la calle. Se sentó en una de las mesas en actitud del que espera a alguien, y en efecto, al poco llegó un sujeto de unos treinta y cinco años con quien intercambió un par de besos y que se sentó a su lado. A ella le sirvieron un whisky y al otro una infusión.

Tuve que observar la escena desde lejos, pues la cafetería no estaba excesivamente poblada y prefiero no entrar en el campo visual de Elena Rincón por razones que ya he aducido anteriormente. De todos modos, saqué una foto instantánea, que adjunto, por si fuera de utilidad para mi cliente. Las figuras están un poco lejos, pero sus rostros se distinguen gracias a la posición de la luz.

Ignoro quién podía ser ese sujeto, pero sí puedo afirmar que maltrató verbalmente a Elena Rincón, ya que ésta, en un momento del encuentro, no pudo reprimir las lágrimas. Tuve la sensación de que se sentía acorralada, como si estuviera siendo sometida a

142

un chantaje. Quizá sea así, tal vez le estén sacando información sobre su marido a cambio de silenciar algo que le avergüenza. Digo esto porque el tipo aquél podía ser perfectamente un policía. Vestía como un policía, hablaba como un policía y miraba a Elena, a Elena Rincón, como un policía.

Se despidieron hora y cuarto más tarde. Los besos de despedida no eran los de un policía, pero a veces no todo encaja como uno quisiera. Pensé que el mal que padece esta mujer quizá sea una obsesión, porque hay en su modo de caminar y de mover los brazos un intento de desprenderse de algo inquietante.

Tal vez por eso se dirigió al bingo, para distraerse de su obsesión primordial. O tal vez su afición al juego la haya conducido a contraer deudas excesivas que ahora no puede saldar. Quizá por eso, en un esfuerzo de voluntad realmente notable en una adicta al juego, abandonó la sala antes de llegar a ocupar siquiera una mesa.

Después regresó andando a su casa con gesto preocupado y alternando momentos de sosiego con situaciones de excitación nerviosa. Estos matices los percibimos los investigadores en el modo de andar, aunque pasan inadvertidos para el común de la gente.

Cuando entró en el portal de su casa, anochecía. Eran, casi, las nueve. Desearía que en el futuro me indicara si debo hacer simples seguimientos o debo intentar grabar conversaciones como la descrita. La tarifa es distinta.

143

Creo que es el informe que más me ha gustado. Tengo la impresión de que este hombre se ocuparía de mí si llegara a encontrarme en una situación difícil. La foto instantánea que adjunta es terrible porque, en efecto, Juan podría ser un policía intentando sacarme información. No hay nada que pudiera identificarnos como hermanos, ni siquiera como dos personas que tuvieran un territorio de afectos común. Qué vida.

Ayer fui a ver a mi hija. Había creído ingenuamente que sería capaz de permanecer al margen de su embarazo, pero desde que mi hermano me comunicó la noticia la idea fue creciendo como una obsesión hasta el punto de que no era capaz de pensar en otra cosa. Me preguntaba una y otra vez por qué no me lo había dicho y me respondía en forma de estados de ánimo. De manera que unas veces me ponía triste; otras, furiosa, y en algunos momentos pensaba en ello como si no me concerniera. Pero sí me concierne, sí, porque quizá se trata del último de los hechos relacionados con mi historia; o con mi prehistoria, si es cierto que estoy a punto de convertirme en otra. No sé, me percibo de una manera algo confusa y en esa confusión hay un poco de todo: ansiedad, miedo, desgana, vértigo, pero también curiosidad y un punto de optimismo algo gratuito en relación a mi futuro. Por un lado parece evidente que ya no pertenezco al conjunto de afectos cruzados o enlazados que forman el tejido familiar, pero, por otro, siento a veces que este tejido es el único lugar en el que la vida, mi vida, sería posible todavía.

El que mi hija vaya a ser madre y, sobre todo, el que no me haya hecho partícipe de tal suceso, me coloca como fuera del mundo, en un lugar donde el grito no suena, donde las lágrimas no reblandecen nada. Aunque también pienso que, si mi metamorfosis se consuma, mi hija y yo quedaremos unidas por un hilo invisible, un hilo orgánico a partir del cual, tal vez, se empiece a construir un tejido nuevo en el que cada una de nosotras, con el transcurrir de los años, ocupará un lugar preciso.

Bien, el caso es que salí a la calle con idea de hacer algo determinado y al poco me encontré merodeando por los alrededores de su casa. Entonces supe que no había salido con otro propósito que el de ir a verla. Ya cerca del portal, pensé si llamar por teléfono para anunciar mi visita, pero temí que intentara esquivarme con alguna excusa. De manera que subí directamente.

Me abrió ella la puerta y en seguida advertí que mi presencia le resultaba incómoda. No había nadie más en la casa, pues su marido estaba trabajando y la asistenta se acababa de ir. Observé con discreción su vientre, pero todavía no se le notaba nada. Estaba guapa; siempre fue más guapa que yo, a pesar de la constitución atlética de sus hombros, que disimula muy bien con el tipo de ropa que se pone.

Tenía encendida la televisión y ni siquiera bajó el sonido para que pudiéramos hablar. La verdad es que cuando me vi sentada en aquel sofá, frente al televisor, y rodeada de muebles pretenciosos que reproducían un estilo de vida tan lejano a mis intereses, sentí un golpe de angustia. Me pareció que todo eso ya lo había visto en algún sitio —quizá en mí misma— y que no conducía a ningún lugar, a ningún lugar. Sentí un cansancio enorme por estar viva y por tener que asistir al paso de las generaciones, a la sucesión de los años, las estaciones y los días. De súbito, me puse muy triste y me eché a llorar.

Mercedes intentó consolarme, pero dejando entrever un tono de fastidio.

—¿Por qué no me lo has dicho? —pregunté al fin.

—No lo sé —respondió—, nos vemos poco, no he tenido oportunidad de contártelo.

Advertí que tenía en mis manos las armas precisas para culpabilizarla obteniendo de este modo una victoria moral sobre ella y su padre, pero no me apeteció hacerlo porque sentí que también en la escena que representábamos había un ingrediente de repetición, de copia, tan angustioso como el paso de las generaciones o la sucesión de los días.

Apenas pudimos hablar un poco más, pero quedamos en que nos veríamos en una o dos semanas, cuando las dos estuviéramos más tranquilas. Creo que la llamaré un día de estos y la invitaré a comer en un lugar neutral para ver si es capaz de pedirme ayuda, de solicitar mi consejo. Me gustaría sentirme útil en una oportunidad como ésta.

Esta noche tengo que decidir, por fin, si hago o no el viaje que me propuso Enrique hace algunos días.

Bien, estoy en Bruselas, con Enrique. Finalmente, decidí hacer este viaje para ver si, al cambiar el decorado en el que se desenvuelve mi existencia, se modificaba también la sensación de que soy otra persona. Pensé, asimismo, que quizá esta escapada podría constituir la última oportunidad que nos dábamos Enrique y yo para estar solos y hablar de lo que nos ha sucedido en los últimos tiempos.

Bueno, tales expectativas desaparecieron o se atenuaron durante el viaje. Dentro del avión me sentí como un bulto que era trasladado de uno a otro lugar sin que el cambio llegara a producirme ninguna emoción. Enrique se pasó todo el tiempo leyendo revistas y periódicos mientras yo miraba por la ventanilla y pensaba en el bulto que había hecho nido en el útero de mi hija y que se disponía a crecer hacia la vida con la misma falta de voluntad con la que yo crecía, más que hacia la muerte, hacia la posibilidad de convertirme en otra. Pensé, de súbito, en los bultos que parecían estar determinando mi existencia: el de mi madre, ahora el de mi hija, pero también el de mi vientre, pues la sensación de que tengo en el intestino un cuerpo que se resiste a ser expulsado con los restos de la digestión no deja de crecer en los últimos días. Por otra parte, todo me parece un decorado.

Ayer fuimos a Brujas. Me acordé del título de una novela que no he leído: *Brujas, la Muerta*. No sé dónde lo oí, hace muchos años, y se quedó en algún rincón de mi memoria esperando quizá una oportunidad como ésta para aflorar a la superficie. Es una ciudad con canales y brumas que pretende ocultar algo con sus fachadas tan limpias. Pensé que todos cuantos deambulábamos por sus calles habíamos muerto, pero que todavía no nos habíamos dado cuenta.

Estamos en el Hilton. No muy lejos de aquí hay un barrio de emigrantes que esta mañana he visto desde un taxi. Todos daban la impresión de haber fallecido, aunque se movían por la inercia de la vida que acababan de abandonar. Cuando volvimos al hotel, mientras Enrique recogía la llave de la habitación, vi a una mujer que me sobresaltó por el parecido que tenía conmigo. Además, llevaba un vestido casi idéntico a uno que tuve yo hace algunos años. Se lo comenté a Enrique y dijo que eran cosas mías, que él no nos veía ningún parecido. Es insensible como un cadáver.

Echo mucho de menos a mi detective. Tal vez si él estuviera viendo este viaje para después describirlo en un informe, la realidad no tendría este tono mortuorio con el que llega a mis ojos. Pero imaginé que sería un informe excesivamente caro, por eso no le ordené que me siguiera.

Enrique quiere que vayamos mañana a Amberes, pero a mí lo único que me apetece es estar en el hotel y, a ser posible, dentro de la cama. Por cierto, he comenzado a observar que bebe mucho y que yo suelo acompañarle casi siempre.

Son las doce y media de la noche. Acabamos de venir de cenar y Enrique está en el baño. Parece que ya acaba con sus ritos. Estoy algo aturdida e insomne, pues nos hemos bebido dos botellas de vino y al llegar a la habitación nos hemos puesto un whisky. Me da miedo acostarme y no dormir. ¿Qué me ocurre?

Ya sale.

Es de noche. Estoy en el hotel. Enrique ha salido a cenar con algunos políticos españoles destacados aquí. Me ha preguntado si quería ir, pero con poca convicción; además me apetecía estar sola un rato. Antes de salir, me ha dicho que intentará conseguir algo de hachís. Quizá no me viniera mal; a veces un canuto modifica la visión de la realidad. Lo malo es que últimamente acentúa la de aquella de la que quiero huir.

Esta mañana hemos ido a Amberes. Afortunadamente, Enrique decidió alquilar un coche; el viaje de ayer a Brujas lo hicimos en tren y me fatigué mucho. Tengo la tensión muy baja por el calor y por la humedad. A medio camino, Enrique se desvió de la carretera general y llegamos a un pueblo lleno de vacas. Enrique sonreía maliciosamente, como si fuera a darme una sorpresa, y decía «ya verás, ya verás».

Bueno, la cosa es que llegamos a una nave industrial enorme llena de cámaras frigoríficas que parecían apartamentos. Entré en un par de ellas y salí muerta de frío. Estaban llenas de animales grandes, supongo que vacas, descuartizados o abiertos en canal. El resto de la nave lo ocupaban unas mujeres vestidas de blanco que despiezaban, con una maestría enorme, grandes trozos de carne que llegaban hasta ellas a través de una cinta móvil. La persona que nos llevaba de un sitio a otro hablaba en francés con Enrique y a mí me lanzaba de vez en cuando una sonrisa para compensar la poca atención que me prestaba.

Al cabo de media hora, aproximadamente, me desmayé, en parte por culpa de estas bajadas de tensión, pero también porque comencé a tener la impresión de encontrarme en el interior de una pesadilla de la que no conseguía despertar. Poco antes de perder el sentido, Enrique, en un aparte, me explicó sonriendo con satisfacción que el 50 % de aquel negocio era suyo.

—Nuestro —rectificó en seguida—. He conseguido meter aquí mucho dinero a través de una persona interpuesta.

La idea de traficar con carne, con carne muerta, aunque fuera de vaca, me sugirió la imagen de que todos los que estábamos allí éramos un grupo de muertos que despedazábamos cadáveres de otra especie, jerárquicamente inferior, para cambiar sus trozos por un dinero que nos permitiese llevar una muerte digna. Creo que desde ahora el dinero belga me parecerá siempre la moneda de curso legal en el país de los muertos. Bueno, entonces sentí una sensación de sudor muy intensa, miré a las mujeres de las batas, las cofias y las zapatillas blancas, que parecían enfermeras muertas manipulando cadáveres rotos, y me desmayé.

Menos mal que el coche tenía aire acondicionado, porque la atmósfera del exterior me parecía irrespirable.

—Tienes que ir al médico —me dijo Enrique ya en la carretera general, de camino a Amberes.

—Es la tensión; por lo demás, estoy bien.

No le pregunté nada acerca del negocio que con tanta ilusión me había enseñado y yo sé que Enrique no me perdona estas cosas, porque siente que no valoro lo que hace. Y es verdad, no lo valoro, no me interesa nada, aunque sé que gracias a esto vivimos bien. Si quiere tanto a Mercedes es porque ella le admira y le dice continuamente que todo lo que hace es perfecto.

En Amberes hemos ido de aquí para allá,

pero yo no he visto nada. Como en Brujas ayer, me pareció que nos movíamos todo el rato por el interior de un decorado. Tengo un buen recuerdo de la catedral porque dentro hacía fresco y estuve mucho tiempo sentada en un banco.

Hace poco me asomé a la ventana para contemplar la calle y vi a un hombre mal vestido caminar en la dirección del barrio de emigrantes por el que pasamos ayer. Intenté imaginármelo entrando en su casa, representando una escena familiar. ¿En qué idioma lo haría? ¿En turco, en castellano, en francés...? ¿Tendría realmente una casa, una identidad? A veces pienso que la identidad es algo precario, que se puede caer de uno como el pelo que se desprende cuando nos lavamos la cabeza y desaparece por el sumidero de la bañera en direcciones que ignoramos. Por eso, por ejemplo, no me atrevería a salir sola del hotel, por miedo a que al regresar no hubiera ninguna habitación a mi nombre, ni se acordaran de que había estado allí. Entonces yo esperaría a que volviera mi marido, pero él no regresaría, porque en realidad no habría nadie que fuera mi marido ni que se llamara Enrique. Entonces telefonearía a Madrid, a mi hija, pero tampoco existiría esa hija que constituía uno de mis puntos

156

de referencia. Por eso me da miedo salir, por si no me reconocen al volver y me quedo sin identidad.

Bueno, en la comida, saqué el tema del embarazo de Mercedes y le reproché a Enrique que no me lo hubiera dicho.

—Pensé que no era yo el más indicado para darte esa noticia —respondió.

—¿Ah, no? ¿Y quién era la persona indicada?

—Tu hija. Creo que debería habértelo dicho Mercedes. Si no fue capaz, ella y tú sabréis por qué.

—De repente —dije— todo está muy ordenado, todo el mundo tiene en esa historia su papel y sabe lo que ha de decir y en qué momento. Pero es que yo, Enrique, estoy fuera del reparto.

—Cada uno de nosotros está en el lugar en el que se ha colocado a sí mismo, Elena.

Advertí un tono de provocación en su respuesta; quizá estaba resentido todavía porque no me hubiera interesado por su negocio de carnes, o quizá pretendía aprovechar la ocasión para mantener conmigo una conversación definitiva. Decidí no darle la oportunidad y desvié el tema hacia otros derroteros, quitándole importancia al embarazo de Mercedes.

He estado un momento en el baño, intentando desprenderme de esa especie de volumen alojado en el intestino, y me he acordado de lo que dice mi madre en su diario acerca de los cuartos de baño de los hoteles. Llevaba razón: son un lugar perfecto para hacer un pacto con la locura propia. Sus formas son tensas y brillantes, pero frágiles como el equilibrio nervioso de mi madre, como el mío.

Por cierto, me he traído el último cuaderno del diario de mi madre con intención de leer aquí su secuencia final. Llevo muchas semanas retrasando esa lectura y, no sé por qué, pensé que el extranjero sería un buen sitio para llevarla a cabo. De manera que acabo esta frase y comienzo a leer:

El mal se ha revelado. Llevo muchos días en cama y mañana me llevarán al hospital, para operarme. Pero yo sé que no volveré a casa porque esta tarde ha venido a visitarme mi antípoda, y cuando sucede algo tan raro, cuando un equilibrio necesario se rompe de ese modo, es porque nos vamos a morir. Elena, mi antípoda, se ha sentado a los pies de la cama y me ha preguntado que cómo estoy. Ella no se encontraba muy bien y ha estado poco tiempo. Le he dicho que me daba mucha alegría conocerla después de tantos años y le he reprochado que bebiera tanto coñá, pues a mí no me hacía bien.

Me gustaría decir algo más, pero no tengo ganas, aunque he de añadir que he cuidado y respetado el bulto aquel que descubrí en un hotel del extranjero hace ya tantos años; debo decir que él ha respondido a estas atenciones mías, actuando además como regulador de mi conducta. Cuando me portaba mal, o no atendía bien la casa, crecía más deprisa de lo normal. Y en las épocas en que me encontraba bien, de acuerdo conmigo misma, paraba de crecer y había temporadas en que ni me acordaba de él. Por eso, quizá, me ponía tan alegre olvidándome de mis ocupaciones. Para acabar señalaré que tengo sesenta y ocho años, aunque no estoy segura de haber sido siempre la misma durante todo el tiempo.

La lectura de este fragmento final del diario de mi madre, de su existencia, me ha inquietado enormemente y me ha hecho llorar. Cuando dice que su antípoda la fue a visitar el día anterior a salir de casa, en dirección al hospital, se refiere a mí. Recuerdo que fui a verla porque las noticias sobre su salud habían comenzado a resultar alarmantes, y tuve la impresión de que no me reconocía. En realidad, me estaba confundiendo con su antípoda, lo que por un lado resulta halagador y, por otro, terrible. Además, me he acordado de que en la recepción del hotel vi a una mujer que se parecía a mí y con un vestido que quizá fue mío en otro tiempo. Tal vez sea mi antípoda, tal vez se haya escapado de su lugar geométrico para venir a anunciarnos nuestra muerte, la mía y la de ella.

Enrique no vuelve y ahora me vendría muy bien su compañía y quizá un cigarrillo de hachís, si lo ha conseguido.

Enrique llegó ayer muy tarde y algo borracho. Me encontró encerrada en el baño, llorando, presa de un ataque de angustia que desató la lectura del último fragmento del diario de mi madre. Traía hachís y liamos un canuto cuyo efecto intenté reforzar o confundir con un whisky. Me preguntó que qué me pasaba y le dije que no me encontraba bien.

—¿Qué te duele ahora? —preguntó con tono paciente.

—No me duele nada —respondí—, simplemente estás hablando con alguien que vive en el infierno y tú todavía no te has dado cuenta.

—Todos vivimos en un infierno, Elena, todos, pero no le pasamos la factura a nadie. ¿Sabes por qué? Porque cada uno de nosotros elige su propio infierno, aquel en el que se encuentra más cómodo. Sé que a veces desprecias mi afición al dinero y que te has desligado por completo de mis negocios, de nuestros negocios, porque también son tuyos. Pues bien, gracias a estos negocios puedo costearme los infiernos que quiero y no ando por ahí contándole a nadie mis desgracias. Lo que te ocurre a ti es que todavía ignoras en qué infierno quieres vivir. Averígualo, date el tiempo que necesites y cuando lo sepas dímelo. Creo que podré pagártelo por caro que resulte. Entretanto, procuremos tener un poco de calma, por favor.

—Hay cosas —respondí— que no guardan relación con el dinero. Tú y yo hemos vivido de esas cosas en otro tiempo.

—Mira, Elena, en esa época teníamos impulsos, pero carecíamos de ideas. Yo ahora tengo ideas, estoy lleno de ideas que se alimentan con dinero o con los atributos del dinero y no pienso renunciar a ellas porque son mi razón de ser. Lleva cuidado, porque cuando las ideas mueren ocupan un lugar los ideales y a estas alturas ya sabemos lo que los ideales dan de sí.

No quise continuar hablando, pues comprendí que nos movíamos en lógicas diferentes y que yo envidiaba la suya porque era sólida como una piedra. Cuando estábamos muy aturdidos, nos metimos en la

162

cama e hicimos el amor con una pasión incomprensible. Pero yo entendí en algún instante que la pasión provenía del conocimiento de que era la última vez que lo hacíamos. Y comprendí también que no regresaría a casa, no porque me fuese a morir, como mi madre cuando recibió la visita de su antípoda, sino porque iba a acelerar el proceso de convertirme en otra para encontrar al fin mi propio infierno y descansar.

Enrique ha salido y yo estoy preparando mi equipaje para regresar a Madrid sin él.

La realización de cuestiones de orden práctico puede justificar toda una vida, así de odiosas son. Estoy en un hotel en el que me instalé provisionalmente al regresar de Bruselas, mientras buscaba un apartamento. Al fin he encontrado uno a mi gusto y me trasladaré a él en los próximos días. A Enrique le dejé una nota justificando mi abandono y no ha intentado localizarme hasta el momento. No sé si esta actitud me gusta o no. En cualquier caso, estos días, dedicados a resolver las cuestiones prácticas de mi próxima existencia, me han hecho reflexionar un poco sobre mis inclinaciones burguesas y me he visto obligada a darle la razón a Enrique en algunas cosas. No viviría en cualquier sitio ni sin unas comodidades mínimas, a las que ya estoy acostumbrada, pero tampoco estoy dispuesta a que el disfrute de tales comodidades constituya el precio de no saber quién soy ni dónde están mis intereses. De manera que he alcanzado un acuerdo entre mis impulsos burgueses y mi locura, reduciendo ésta y dejando desarrollarse ligeramente a aquéllos, para alcanzar el punto de equilibrio necesario en este primer tramo de mi nueva vida.

Lo que sí hice nada más llegar a Madrid fue telefonear al detective para que realizara un informe diario de mis actividades. De estos informes, por banales que resulten, no puedo prescindir porque certifican mi existencia, pero también porque la seguridad de que alguien me mira me da fuerzas para moverme de un lado a otro en esta durísima tarea de construir mi propia vida. Nunca terminamos de hacernos; estos días tengo la impresión de estar frente a mí como un escultor frente a una roca de la que ha de eliminar todo cuanto no sea substancial.

Creo que he abandonado el hachís definitivamente, aunque quizá sería más exacto decir que el hachís me ha abandonado, pues mi voluntad no ha intervenido en este proceso de separación. Simplemente, ha dejado de apetecerme fumar y gracias a ello me levanto menos aturdida por las mañanas y no noto la garganta tan seca. La verdad es que no deseo dejar el hachís definitivamente porque le debo muchas cosas, pero sí me gustaría, en el futuro, tener una relación distinta, menos compulsiva, con él. Se trataría de fumar para estar bien y no al contrario. Ya veremos.

Hace mucho calor estos días y la gente anda como si fuera feliz por la proximidad de las vacaciones. Me alegro mucho de no tener vacaciones este año y sólo espero que todo el mundo abandone Madrid para quedarme sola y dejarme invadir por el futuro. El futuro es un bulto que ha empezado a crecer en alguna parte de mí y al que alimentaré como a un hijo. Se trata de que al final haya merecido la pena haber vivido.

El hotel ha comenzado a darme miedo. Salgo poco por temor a que a mi regreso no me reconozcan, no haya ninguna habitación a mi nombre o hablen en una lengua desconocida para mí. Afortunadamente, en unos días terminarán los arreglos en el apartamento que he alquilado y podré trasladarme a vivir en él.

Estos días tengo mal sabor de boca y la comida no me apetece nada. De todos modos, mi cuerpo, en líneas generales, va mejor. Ayer subí a darme un baño en la piscina del hotel y noté que mis músculos respondían al estímulo del agua. Fue como recuperar una dimensión antigua y olvidada del cuerpo. Cuando regresé a la habitación, estaba cansada físicamente y ello me produjo un gran placer, pues hacía años que no conocía ese tipo de cansancio. Quizá deba procurar beber algo menos, pero paso muchas horas en esta habitación y a veces necesito aturdirme un poco. Sin embargo, es curioso, mi figura sigue igual; quizá he adelgazado algo porque el hachís me hacía comer de un modo muy desordenado, pero en general conservo la misma cintura que hace quince años. En eso he tenido suerte; conozco otras mujeres que beben menos que yo y tienen los músculos del estómago muy dilatados. Precisamente, el detective lo señalaba el otro día en un informe:

> ...Desde que ha abandonado el hogar familiar, Elena Rincón ha mejorado mucho, quizá porque está más tranquila o porque se cuida más. Lo cierto es que a veces sorprende pensar que tiene casi cuarenta y cuatro años y que todavía no ha perdido la cintura...

Con alguna frecuencia incluye frases de este tipo, relacionadas con mi aspecto físico, en sus informes. De mi rostro decía hace poco que tenía muy bien colocadas las arrugas, como si hubieran sido distribuidas en él por el impulso de una inteligencia artística. Desde que no fumo hachís, quizá también porque estoy menos ensimismada, ha comenzado a apetecerme cuidarme un poco más. Se trata todavía de un proyecto lejano, de una intuición, según la cual estaría en el camino de descubrir un modo distinto de relación con el propio cuerpo y con sus partes. Mi madre, por lo que he visto en sus diarios, sólo era capaz de hablar con las vísceras: a mí, sin embargo, me gustan más la piel y los músculos que se dibujan debajo de ella. Frente al hotel hay un parque, y algunos días, por la mañana, desde mi habitación, veo correr a una pareja de chicas. Son mucho más jóvenes que yo, claro, pero en ellas adivino una parte de mí que estaba dormida o muerta desde hace mucho tiempo.

Supongamos que mejoro físicamente, que logro, incluso, expulsar ese cuerpo extraño alojado en mi intestino. Suponer eso me produce algo de vértigo, porque cuando llegara a encontrarme así de bien ya no tendría ninguna excusa para no enfrentarme a mí misma, a mis deseos. Poner toda la pasión en el cuerpo, en sus dolencias o en sus desarreglos, tiene muchas ventajas, pero produce también cantidades considerables de sufrimiento.

Le he pedido a mi hermano que se ocupe de llevar al apartamento el reloj y la butaca de mi madre, además de algunas cosas de aseo personal. Prefiero que se ocupe él, pues no me apetece hablar con Enrique ni entrar en la casa por ahora.

Todavía no he llamado a mi hija. Creo que lo estoy retrasando porque no me siento con fuerzas para enfrentarme de nuevo a ella. Tal vez cuando me encuentre en lo que va a ser mi casa...

Hoy he recibido una carta de Enrique. La ha traído un mensajero. Creo que se trata de un texto liberador, pero triste, como si no pudiera darse una cosa sin la otra. Dice así:

Querida Elena: he preferido ponerte estas líneas a llamarte por teléfono para que no interpretaras mi actitud como un deseo de inmiscuirme en tus decisiones, aun cuando éstas me atañan directamente. Sé que estás en ese hotel por tu hermano y, por él también, sé que no te encuentras mal.

Supongo que lo que está ocurriendo no guarda relación conmigo, con nosotros. Por las razones que sea has decidido reorientar tu vida, o destrozarla, y lo has hecho sin contar con nadie. No te lo reprocho.

En cuanto a mí —en el caso de que te importe— quiero señalarte que, con independencia de la opinión que me merezca tu actitud, estoy abierto a ayudarte en lo que sea posible. Sin embargo, también quiero que sepas que no estoy dispuesto a sufrir y que jamás volvería a darte la oportunidad de que me hicieras las escenas que tuve que soportar en nuestro viaje a Bruselas.

Te ruego, pues, ya que has decidido desaparecer de ese modo, que no me llames nunca, a menos que sea para darme una buena noticia. También yo tengo derecho a que se respete el modo de vida que he elegido, y en ese modo de vida no tienen cabida las tragedias, ni las molestias intestinales ni los dolores de cabeza; mucho menos, las grandes preguntas acerca de la existencia o la angustia por ignorar adónde vamos o de dónde venimos. No entiendo nada acerca de esas cuestiones que dejaron de interesarme mucho antes de atravesar la barrera de la madurez.

Ello no quiere decir que no te quiera, aunque puedo perfectamente prescindir de ti como he ido prescindiendo de otras cosas que también quería con la misma naturalidad con la que se pierde el pelo o se adquieren las primeras arrugas. En cuanto a Mercedes, nuestra hija, le he contado, sin entrar en detalles, nuestra separación y no ha hecho ningún comentario. Quizá debas hablar con ella. He de confesar que me hace bastante feliz la idea de ser abuelo y de ser un abuelo joven. En algún lugar ha de colocar uno sus afectos y yo he comenzado a poner una buena porción de ellos en ese niño o esa niña que entrará en nuestras vidas dentro de unos meses.

Más adelante, cuando estés mejor instalada o más tranquila, podemos hablar, si quieres, de las cuestiones de orden práctico de esta separación que yo ni he alentado ni he pedido.

No incluyo la última frase, la de despedida, porque me suena a fórmula de misiva comercial. La carta de Enrique es muy fría, aunque quizá mi actitud no mereciera otra cosa, y en ningún momento he tenido la tentación de contestarla, ya que una de las decisiones que he tomado ha sido la de no volver a hablar, nunca, con quien no me entienda. Es tan inútil...

Quizá la relación que tenía con el hachís era un sustituto de la que tenía con mi madre. Ya señalé en otro lugar que ella me había dado todo lo bueno y todo lo malo, aunque al mismo tiempo y sin desenredar, como si la tarea de separar una cosa de otra y elegir me correspondiera a mí. Con el hachís me pasó algo parecido, porque gracias a él tuve acceso a una percepción diferente de la realidad y me ayudó a escapar de las cárceles en las que suelen caer las mujeres, en general, y en la que estaba destinada a mí, en particular. El hachís me ayudó a ver la trampa, como diría Enrique, que se esconde debajo de las cosas, pero me proporcionó también un sinfín de desarreglos que conducían a un modo de autodestrucción que desde esta nueva perspectiva me resulta incomprensible. Digo esto último con cierto temor, porque no ignoro que mi equilibrio es muy precario y que hay en él cosas que no domino bien: aquellas que todavía me tientan para regresar a la situación anterior.

Hoy es domingo y las personas y las cosas delatan la condición festiva del día. Siempre temí las tardes de los domingos, pues parecían un paréntesis de la propia vida, una especie de suspensión de las coordenadas en las que solemos actuar. Ahora que no tengo coordenadas, que he perdido todos los puntos de referencia, la tarde del domingo me parece un lugar para el descanso. Comeré en el hotel y luego quizá dé una vuelta para proporcionar algo de trabajo a mi detective. Fantaseo mucho con él, con su imagen, y confieso que la admiración que me profesa, y que cada día deja traslucir con menos pudor en sus informes, me proporciona una suerte de vértigo que a veces me recuerda el vértigo de la juventud. Después veré la televisión procurando no beber más de dos whiskys.

Creo que la semana que viene tendré listo el apartamento. Han terminado de pintar y de hacer los arreglos que pedí en la cocina y en el baño. Mañana saldré a escoger unas cortinas.

Ayer, finalmente, salí a hacer las últimas compras para dejar listo el apartamento. Hacía mucho calor y me puse una camiseta y una falda de vuelo, muy ligera, que he comprado estos días. El conjunto era algo adolescente y, sin embargo, me encajaba bien, como si me estuviera haciendo más menuda. Tal vez deba arreglarme el pelo, cambiarlo. Tengo esta melena desde hace veinte o veinticinco años y seguramente me costaría acostumbrarme a vivir sin ella, pero creo que si me la cortara resultaría más joven.

Estuve en el centro, viendo tiendas y eligiendo detalles que me hagan sentirme protegida en el apartamento. Comí en una cafetería en donde, curiosamente, cuando tomaba el café, comenzó a sonar una canción de los Beatles que escuché hace ya varios meses, también mientras comía, en otro bar. La situación, pues, era muy parecida, pero yo era distinta. Ahora era una mujer que había tomado las riendas de su vida, aun cuando no supiera manejarlas muy bien, mientras que el recuerdo que tengo de entonces es el de una mujer cuyos movimientos dependían de un impulso ajeno a su voluntad, como si fuera una autómata, un artefacto viviente manejado por la mano invisible de un mecánico.

Cuando salí de nuevo a la calle, me atracaron. Bajaba hacia Serrano y, de súbito, de la oscuridad de un portal salió un muchacho de unos veinte años que me colocó la navaja a la altura del vientre. Sin embargo, cuando estaba a punto de entregarle el bolso, apareció, como caído del cielo, un sujeto corpulento, que se interpuso entre el atracador y yo. Recuerdo que salí corriendo, mientras lamentaba no haberme podido fijar en los rasgos de mi salvador, pues no era otro que el detective. Esta mañana he mandando al botones del hotel a recoger el informe. Dice así:

Elena Rincón salió a las doce horas del día de la fecha del hotel donde se encuentra provisionalmente instalada y caminó sin prisas hasta la zona comercial del centro, donde realizó compras en diversos establecimientos. Iba vestida de un modo muy ligero y sencillo, con una camiseta y una falda pensadas sin duda para mujeres mucho más jóvenes que ella. Sin embargo, la falda, sobre todo la falda, le quedaba muy bien.

El tipo de compras que llevó a cabo revelan su intención de trasladarse cuanto antes al apartamento que ha alquilado en la calle María Moliner, en las estribaciones de la Plaza de Cataluña y relativamente cerca de su domicilio conyugal. A veces, abandonar un barrio cuesta más que dejar a un marido.

Comió despacio, como ensimismada, en una cafetería de la calle Velázquez, y al salir de allí estuvo a punto de resultar atracada por un muchacho que buscaba dinero urgente para adquirir alguna clase de droga. Me interpuse entre el muchacho y ella, que salió corriendo, y recibí un pequeño corte a la altura del diafragma antes de que me diera tiempo a hacerle rodar por el suelo de un tortazo. No pesaría más de cincuenta quilos y luego me arrepentí de haberle golpeado tan fuerte.

El caso es que perdí a Elena Rincón y tuve que acudir a una casa de socorro para que me curaran la herida. Es muy posible que Elena Rincón ni siquiera llegara a verme la cara, pues me coloqué de espaldas a ella y no hubo tiempo ni para que nos miráramos a los ojos antes de que emprendiera la huida.

Cierro el informe en este punto, pues no hay nada substancial que añadir y no estoy en la mejor postura para ayudar a la cicatrización de la herida.

Después de leerlo, he llamado a la agencia para escuchar su voz y la conversación ha discurrido de un modo que no esperaba, pero que me ha gustado mucho.

—Su misión —he dicho en tono agresivo, tras identificarme— no consiste en proteger a Elena Rincón de agresiones callejeras, sino en seguirla allá donde vaya e informarnos después de sus movimientos.

—Perdone usted —me ha respondido en tono cortés—, yo sé cuál es mi misión cuando veo que una persona agrede a otra. Volvería a hacer lo que he hecho, aunque las consecuencias fueran más graves de las que he padecido.

—El informe es excesivamente corto, como si intentara ocultarnos algunos de los movimientos realizados por la investigada. Empezamos a tener la impresión de que a usted le gusta demasiado esa mujer y quizá tengamos que prescindir de sus servicios.

—Pues ya que lo dice —respondió la voz—, permítame que dimita de ese repugnante trabajo en este momento. Nunca debí aceptar una investigación de esta clase.

—¿Por qué dice eso? —pregunté en tono seductor, por miedo a que colgara el teléfono.

—Primero, señora, porque nunca se debe trabajar para un cliente sin rostro; segundo, porque siempre se debe conocer el fin hacia el que está orientada la investigación; y, tercero, porque en este caso estamos cometiendo un atropello contra una mujer absolutamente indefensa y a la que sólo se le puede achacar una inclinación patológica al juego, inclinación de la que me consta que se está apartando. Si el problema es que ha dejado alguna deuda importante en un casino, sáquenle el dinero a su marido, que tiene para dar y tomar. Pero a Elena Rincón déjenla en paz, que bastante ha padecido soportando estos años al tal Enrique Acosta.

—Está usted enamorado de ella —dije— y eso no le permite ser objetivo. No se fíe.

—Ustedes me pidieron que no fuera objetivo. Esta conversación, por otra parte, es inútil. Transmita mi dimisión a su jefe y adviértale que voy a continuar vigilando a Elena Rincón, pero esta vez para protegerla de ustedes. Ignoro en qué andan metidos, pero tanto secreto sólo puede ocultar algo ilegal. Tóquenle un pelo a esa mujer y tendrán que vérselas conmigo.

Dicho esto, colgó el teléfono dejándome sumida en un estupor del que todavía no he conseguido salir. ¿Estaré metiéndome en una historia? No sé, lo cierto es que el detective ha comenzado a funcionar como un punto de referencia del que difícilmente podría prescindir en este momento. De súbito, me ha asaltado la idea de que quizá este hombre haya averiguado quién soy, y entonces su actitud va dirigida a seducirme.

Pasado mañana me traslado a mi nuevo domicilio.

Me he cortado el pelo, lo llevo muy corto, como una chica joven que vi en una revista. Me lo mojo todos los días, cuando me ducho, y se me seca enseguida. Pensé que debía hacerlo antes de ocupar mi nueva casa para completar la transformación. Soy otra.

Esta noche he dormido por primera vez en el apartamento y he soñado mucho, pero eran historias raras, muy difíciles de describir, porque carecían de la coherencia que exigimos a las cosas que nos contamos durante la vigilia. Cuando fumaba hachís, no soñaba, como si la droga sustituyera a los sueños; a las pesadillas, más bien. Voy a esperar unos días y volveré a fumar hachís, aunque de otro modo, cuando realmente me apetezca.

Me muevo en el apartamento como si llevara años encerrada en él. Percibo sus paredes, su cuarto de baño, sus muebles, como una prolongación de mí y no como mis enemigos. Estoy bien, en paz conmigo misma y algo excitada por saber qué será de mi vida en los próximos años, cómo envejeceré, cómo nombraré lo que me atañe.

He telefoneado a mi hija con intención de invitarla a comer, pero me ha dicho que mañana mismo sale de vacaciones y que tenía que prepararlo todo. No quería verme y para mí ha sido una liberación, pues todavía no tengo mucho que decirle. En los próximos meses, su bulto y el mío crecerán de forma paralela, pero el mío, aquel a través del cual me naceré, crece hacia la posibilidad de una vida nueva, diferente, mientras que el suyo crece hacia la repetición mecánica de lo que ha visto hacer en otros. Mercedes no ha advertido aún que es mujer y que esa condición implica un mandato al que tarde o temprano hay que enfrentarse si queremos que vivir continúe mereciendo la pena.

He colocado la butaca de mi madre junto al ventanal de la pequeña terraza que da a María Moliner, que es una calle estrecha, pero tranquila. Sentada en ella escribo estas líneas que quizá sean las últimas, por lo menos las últimas de mi vida anterior, la que clausuré en Bruselas al día siguiente de encontrarme con mi antípoda. El tictac del reloj de péndulo es apacible como el vértigo del vacío al que se abre mi futuro. Tenemos toda la vida por delante, ya no hay prisas. En estos momentos siento que la rareza intestinal ha desaparecido y noto su ausencia como la ausencia de la melena cada vez que inclino la cabeza. Hay dos hombres discutiendo en la calle, frente a mi terraza; forman parte de esa sociedad, de esa máquina que Enrique, mi marido, representa tan bien. Viven dentro de una pesadilla de la que se sienten artífices. Cuando despierten de ese sueño, les llevaré una vida de ventaja.

De súbito, el sol se ha colocado de tal modo que no me deja ver. Por el ventanal entra una luz cegadora y blanca como la del cuarto de baño de un hotel. En medio de esa luz, muy pronto, irá corporeizándose una forma oscura y bella como la del diablo, pero apacible y dulce como la de la divinidad.

Impreso en Black Print CPI Ibérica, S. L.
c/ Torrebovera, s/n (esquina c/ Sevilla), nave 1
08740 Sant Andreu de la Barca (Barcelona)